JN012414

四季の華

和歌が織りなす
平安時代、雅《みやび》の世界

かとうなお

幻冬舎MC

四季の華

～和歌が織りなす平安時代、雅《みやび》の世界～

初めに

和歌が織りなす平安時代、雅《みやび》の世界へようこそ。
雅とは、平安時代の貴族社会において、お互いに和歌を通じてやり取りする際の、落ち着いた品のある、或いは逆に、激しく熱烈な思いや振る舞いなどを示す美的理念です。

今のあなたが手にしているのは、現今のこれまでの和歌集や短歌集の中でも国内文学史上初の試みと思われる画期的な書です。それは、平安時代のかな言葉で和歌を創作したばかりでなく、更にそれらの和歌ができるに至ったいきさつや背景までも、これまた平安時代のかな言葉で綴ってあるからです。

和歌文学や女流かな文学といえば、平安時代が代表的で、和泉式部日記や伊勢物語、紫式部日記、更級日記のような作品が有名です。本書の特色は、これら平安時代の作品を鑑賞し、「自分が平安時代の世に生きたのであれば、かな言葉で、こんな風に作歌して、更にかな言葉で、その歌についてこんな風に綴ったであろう」と、この現代の世に平安時代のような女流文学作品?を新たに創作した事です。

中には、「自分が更級日記や和泉式部日記、紫式部日記の作者だったとしたら、当時の作品ではこんな風に平安時代のかな言葉で作歌したであろう」と実在人物に成り代わっての創作もしてみました。これもまた、国内文学史上においては初の試みではないでしょうか。以下に、本書の特色をまとめます。

❖第一の特色は、「詞書《ことば》き《が》」を創作和歌にかなりの分量で付した事です。詞書きとは、和歌の初めに、詠んだ趣意を記した説明書きで、題詞や序とも言います。
私は足掛け七年の古典学習を通して、次のような考えを持つに至りました。それは、和歌に加えて、必ず詞書きを付す事です。その和歌が成立するに至った事情や背景を共に記す事で、和歌は作者の意図や心情をありのままに飾りなく、生き生きと伝える一つの作品になる、という文学観です。具体例では、紀貫之《きのつらゆき》が以下に作歌している通りです。

志賀の山ごえにて、石井《ゐ》のもとにて物いひける人の別れけるをりによめる、
「むすぶ手のしづくににごる山の井《ゐ》のあかでも人に別れぬるかな」
(『古今和歌集』巻八・離別歌)【この歌の詳細については、文月の章、④を参照】

別れの歌を詠むに至った場所と時、いきさつが短く記されています。最初の文章があるのとないのとでは、読み手の理解や感動はかなり異なるでしょう。平安時代の作品以外の八代集でも、和歌のみが書かれているというより、詞書きが多くの作品に備わっています。

本書でも、詞書き（短い物語）を全て付すスタイルにしました。和歌と詞書きの両論併記こそは、作品を読んだ人が作者の当時の心情に迫るための、私達の祖先が編み出した、文学への気高く尊い、知恵の賜だと感じています。

❖第二の特色は、菅原孝標女《すがわらのたかすえのむすめ》や清少納言、等の平安時代の女流文学者、つまり、歴史上の実在人物の立場に立って詠歌をした作品が多く含まれている事です。この試みは、ついと例を見ないでしょう。

更級日記や枕草子、和泉式部日記等に、もしも自分が登場していたら、そして、自分が作者そのものであったならば、おそらくこのように詠んだであろう。そういう視点は、これまでの現今の和歌集にはなかった発想だと思います。

❖第三の特色は、現代語訳を付して、鑑賞し易くした事です。

❖第四の特色は、参考として、文法に関する語釈や創作の時代背景等も取り上げて現代語で解説し、鑑賞の一助となるように努めた事です。

まとめますと、

◎「創作和歌」「詞書き」「現代語訳」「参考」の四部構成スタイル

①歴史上の平安時代の作家の心情等を平安時代のかな言葉で創作した「創作和歌」

②作歌に当たっての経緯等を平安時代のかな言葉で創作した「詞書き」

③創作の趣旨をできるだけ正確に反映した現代語訳

④平安時代の語釈や時代背景等を現代語で解説した参考

・作品は、睦月一月から師走十二月に分け、四季折々の風情を感じ取れるようにしました。

・作品は以下の三つのタイプに分けられます。それぞれの作品の最初に記してあります。

A～著者が自らを実在した平安時代の女流文学者だと仮定し、かな言葉で作歌

B～著者が自らを平安時代に生きていた一般人だと仮定し、かな言葉で作歌

C～著者が自らを現代の生活をかな言葉で作歌

A は、彼女たち女流文学者への讃辞や敬意、心からのオマージュです。

・主体となる本書作者の創作本歌とその関連記載に「❖」を振って、見易くしました。

・詞書きの現代語訳は、読み易くするために、句点が一致していない場合があります。

・参考 は、難しい部分があれば、読み飛ばしてくださっても構いません。そうしても、創作和歌や詞書きを十分に楽しんで鑑賞できるようにしてあります。

・本書作者の好みの表現が、繰り返し使われている場合があります。

・本書作者は文学研究専門家や学者でも、また歌学を学んだ歌人でもありません。一介のアマチュア趣味人です。また、本書は文学研究書ではなく、趣味の和歌集です。

内容には誤りがないよう努めましたが、もしもお気付きの点がございましたら、お知らせくださ い。本書が、平安時代の和歌の世界の素晴らしさを楽しんで頂く一助となれば心より嬉しく思います。

目次

睦月

一月

①B

新年あけましておめでとうございます。謹んで新春のご祝詞を申し上げますと共に清々しい頌春の候、皆様ますますご盛栄のこととお慶び申し上げます。本年もどうぞよろしくお願い申し上げます。先程の初日の出は、私の平安時代の思い出。

辺《わた》り照る日のつとめて、戸を押し開けたれば、清らになり渡る山ぎは、いと煌めき明かりて、朝日なす光の、華やかに散り敷きたらむやうに見ゆる、いとをかし。あが心すがすがしうなるほどに、

❖山ぎはに　打ち眺むらる　御媛《おほんひめ》　清らなるは　あが身ならばや

両の手を打ち合はするに、まづいとど心清まる心地こそすれ。

現代語訳

辺り一面を照らす初日の光の朝に、お部屋の戸を押し開けますと、美しく見え渡ります山ぎわの空に沿いまして、たいそう明るく煌めきほのめいています。朝日の美しい光が明るく一面に散り敷いたように見えて、たいそう趣が深いのです。自分の心までもが清々しくなります頃に、

❖この山際、山と空の境目の空の部分に眺める事ができた元旦のお媛様（お日様）のその清らかで麗しい様は、正に自分がそうなりたいと願うものです。

両手を打ち合わせますと、実に一層のこと心が美しくなる気持ちがします。

参考

・散り敷きたらむやうに見ゆる～「たらむ」は、「…しているように、ような」の意味で、存続の助動詞「たり」の未然形「たら」＋意志推量の助動詞「む」の連体形「む」。この「む」は特別な婉曲用法で、連体修飾を和らげる役目を持つ。「やうに」は、名詞「やう＝様子、ありさま」＋断定の助動詞「なり」の連用形「に」のつながり。「見ゆる」は、下二段動詞「見ゆ」の連体形で、「見ゆる（様子は）」と補って考える。

❖あが身ならばや～「ならばや」は、断定の助動詞「なり」の未然形＋願望の終助詞「ばや」。「ばや」は直前の活用語は未然形で接続し、自分の行為の実現を控えめに希望する意味を示す。
・心地こそすれ～「こそ…已然形」の形で、係助詞「こそ」の「係り結びの法則」により「こそ」に続く末尾の活用語は已然形になる決まりがある。この場合は、サ変動詞「す」の已然形「すれ」。

②C

年改まりにてのついたち、辺《わた》り白うなりしは、白雪《しらゆき》ひと夜打ち舞ひ、散り渡りぬ。香炉峰《かうろほう》のあるやう、げにまづいとをかしき形《なり》、高高《たかだか》にしじゅう待ち渡りしなれば、嬉しういみじくて、やがて外《ほか》にいで打ち眺むるに、まづいと悉《ことごと》あはれなるばかりのほど、言はむ方なし。

❖吉事《よごと》重《し》く　年の初めの　つとめてに　こや高高に　待ち渡る雪

現代語訳

年が改まっての元旦、辺りが白くなったのは、白雪が一晩一面に舞い散ったのでした。香炉峰の様子とは、本当にまあこの通りなのねと、実に趣深い山の姿です。つま先立ててずっと長い間待ち続けていました。喜ばしく素晴らしくて、そのまま外に出て景色を眺めていますと、本当に全てがしみじみと心を打つこの折は、何物にも代えがたいのです。

❖年が改まっての元旦早朝に、これはまあ、背伸びをしつつ待ち望んでいた雪が辺り一面に降り積もりました。元旦の白雪は、上代より吉事が重なる兆しで、縁起が良いといわれています。

参考

・年改まりにてのついたち～四段動詞「改まる」の連用形「改まり」＋完了の助動詞「ぬ」の連用形「に」＋接続助詞「て」＋時を示す格助詞「の」。これは「…した時の～」という連体修飾語である。「年改まりにて」というひとかたまりの句が、全体で一つの体言となり、「の」が受ける。そして、対象となるその直後の時季（ここでは、ついたち）との関係を示す。「新しい年が明けての↓元旦」の意味。

・げに～他人の言葉、故事成語、古歌などを深く肯定して、「なるほど、いかにも。その通りだ」。この場合は、枕草子第二百九十九段での『白氏文集』香炉峰の雪の詩を思い出しての反応。

・香炉峰～枕草子第二百九十九段「雪のいと高う降りたるを」に書かれた中国江西省、廬山《ろざん》にある峰。「白氏文集」の「香炉峰の雪は簾《すだれ》を撥《かか》げて看《み》る」に因むエピソード。

❖重く～度重なる。❖高高に～爪《つま》立てて待ち望む様。

③A

長久三年、里住《さとず》み日頃過《す》ぐしての師走、おほみそかに参《まゐ》る。この年返《かへ》りての正月《しやうぐわつ》ついたち、夜もすがら藤壺《ふぢつぼ》の御前《おほんまへ》の池に、羽振《はぶ》く鳥どもの上毛《うはげ》の霜を払ひ侘《わ》ぶなるを我がごとぞと思ひ分きつつ、

❖世の中を　かく見聞きつつ（の）　のちのちは　いかにならむと　眺め明かいつ

とばかりに独りごてり。

現代語訳

長久三年（一〇四二年）、お里帰りを幾日か過ごしての師走、その大晦日に祐子《ゆうし》内親王様の元

に私は出仕しました。この年が改まっての元旦の一晩中、藤壺御殿前の池で、羽ばたく水鳥達が上毛に付いた霜を払いかねているのを、まるで自分の憂さのように心の中ではっきりとらえながら詠んだ事は、

❖この世の中の嬉しい事も辛い事もこれまでいろいろと見聞きし続けて、これからの行く末は一体どうなるのだろうと、一晩中まどろみもせず物思いをして夜を明かしてしまいました。等とつぶやいただけなのでした。

参考

・更級日記の作者、菅原孝標女《すがわらのたかすえのむすめ》としての本書作者の創作。
・里住み～宮中に宮仕えする女官等が自分の家に帰っている事。一時帰郷、お里帰り。関連…里住み⇕内裏《うち》住み、里人《さとびと》⇕宮人《みやびと》
・日頃～多くの日数。ひかず。幾日か。古今異義語の一つ。
・過ぐしての～日数《ひかず》を過ごしての。四段動詞「過ぐす」。
・里住み日頃過ぐしての師走、おほみそかに参る～「～の」は時を示す格助詞。接続助詞「て」に付いて「…ての～」となる形。「里住み日頃過ぐして」というひとかたまりの句が、全体で一つの体言となり、「の」が受ける。そして、対象となるその直後の時季（この場合は、師走）

との関係を示す、「…した時の～」という連体修飾語である。「数日の間、里帰りで過ごした時の↓師走、その大晦日に出仕した」となる。

・参《まゐ》る～出仕する。この場合、祐子内親王様にご奉公、お仕えするために参内《さんだい》する創作設定。祐子内親王（一〇三八－一一〇五）は、平安時代中後期、後朱雀《ごすざく》天皇の第三皇女。

・藤壺～祐子内親王様がご参内なさった際の御座所《おましどころ》、飛香舎《ひぎやうしや》。

・羽振く～羽ばたきする。はたたく。

・上毛の霜を払ひ侘ぶなる～水鳥が、上毛に付いた霜を夜通し払いのけかねている、しようとしてもできない。この場合の水鳥の霜は、自分の憂さ、宮仕えでの思うに任せない事など、いろいろと辛い様子を意味している。

「なる」は伝聞推定（…だろう）の助動詞「なり」の連体形。「払ひ侘ぶなる（やう＝様）を」の意味。眠れぬ夜に羽音を耳にした私が、「鴨等の冬水鳥が羽根に付く霜を払いかねて、辛い私と同じように苦労しているだろう」という気持ちで、聴覚を元にしての推定判断の助動詞の用法。

・思ひ分きつつ～判断する、区別する、はっきりと思い知るの意味、四段他動詞「おもひ分く」の連用形「思ひ分き」。「つつ」は、動作の反復・継続で、幾度もそうしては、の意味。

❖眺め明かいつ～眺め明かしつ、のサ行脱落のイ音便形。書きて↓書いて、等と同じ。「眺む」の第一義は「物思いしながらぼんやり見る、物思いにふける」で、古今異義語の一つ。

・とばかりに～「ばかりに」は、程度や範囲を表し、「…ほどに、…くらいに」。
・独りごてり～四段動詞「独りごつ」の已然形「独りごて」＋完了の助動詞「り」の終止形。「り」は四段動詞の已然形に接続し、他に接続ができるのはサ変の未然形「せ」のみ。つまり、エ段音（五十音図において、上から四番目の段）にだけ接続する。

④A

参《まゐ》りての夜夜《よるよる》、さらにまどろまれず、したりがほなるあいな頼みだにすべうもあらず、いみじう慎ましうて、夜深くなりて罷《まか》づ。

❖有明の　いみじう凍《い》つる　月影の　袖に映れる　げに濡るる顔《かほ》

現代語訳

祐子《ゆうし》内親王様の元に出仕しての毎夜、一向にうとうとすることもできず、また分相応でない望みを得意顔で抱くことさえもできません。ひどく気後れと遠慮がしてしまいまして、夜もすっかり更けてから退出しました。

❖明け方に目が覚めて、ひどく凍てつく月に照らされた私の姿、その袖に映っているのは、本当になるほどと、私の涙顔が古歌にある通りだったことです。

参考

・前項に続く、宮仕えでの本書作者の創作、平安時代の思い出。
・参る～謙譲の本動詞。貴い身分のお方の元に参上する、参内する、出仕申し上げる、お仕えする。反対語は、この詞書きの謙譲の本動詞「罷づ」で、退出申し上げる、おいとまする、となる。
・あいな頼み～当てにならない望み。分に過ぎた期待。
・あいな頼みだにすべうもあらず～副助詞「だに」は、程度の軽いものを挙げて言外に更に重い内容がある事を想起させて、「こんな軽い…でさえも～だ、ましてそれより重い…などは～だ」等の意味を表す。多くは打消しの語を伴う。この場合は、「自分の内面で、宮仕えが上手くいってほしいという不釣り合いな淡い期待をする事さえ叶わない、まして、上のお方から重用されて充実した宮仕えになる事など到底叶わない」という気持ちがある。対して、平安時代の「さへ」は、「…までも～する」という添加の意味で、古今異義語の一つ。
・すべうもあらず～「すべくもあらず」のウ音便。可能否定の助動詞「べし」で、「…できそうにもない」の意味。直訳すれば、「する事ができる事はある事などない」となり、平安時代には、現今では回りくどいと感じる言い方が普通だった。

❖映れる～四段動詞「映る」の已然形「映れ」＋完了の助動詞「り」の連体形「る」。この「り」は、四段動詞の已然形とサ変動詞の未然形にのみ、つまりエ段音だけに付く。これ以外の動詞には使えない。

❖げに～副詞で、前述の会話や文の内容や古歌、故事成語などの引用に対して、深くうなづき強く肯定する様子。この場合の古歌とは、本歌取りの『古今和歌集』巻十五「あひにあひて物思ふころのわが袖に宿る月さへ濡るる顔なる」のこと。

⑤A

その返《かへ》る年の正月《しやうぐわつ》、などて君雲隠れけむとて、せむ方なく思ひ嘆きて詠みし、

❖賜《たま》ひしに　せさせたまふを　綴りしは　こひしうかぎり　さば得てよとて

現代語訳

その明くる年の一月、「どうして中宮定子様はお隠れになったのでしょうか」と言って、清少納言が為す術も無く、嘆き悲しんで詠んだ歌は、

❖中宮定子様より賜りましたお帳面に、定子様が折々に触れてなさいました事を私が綴りましたのは、「それではそなたに差し上げます」と仰りました、今も恋しいばかりの中宮様のために、ただ一途《いちず》にそうしたのです。

【参考】

・長保二年（一〇〇〇年）十二月十六日、清少納言が仕えていた中宮定子が二十四歳の若さでお隠れになった時、歌詠みは当時していない清少納言はどんな心持ちだったのか、本書作者の創作。

・『枕草子』の切っ掛けとなった、「跋文《ばつ》」にある二人だけの象徴的なやりとりを題材にした。

・『枕草子』で、清少納言は中宮定子を「宮の御前《おんまへ》」と尊敬と敬愛の表現をしている。

❖彼女の定子への敬愛の念を表す、「せさせたまふ」＝サ変動詞「す」の未然形「せ」＋尊敬の助動詞「さす」の連用形「させ」＋尊敬の補助動詞「たまふ」の連体形。この「させたまふ」は、二重敬語で最高待遇。清少納言の中宮定子を敬い慕う気持ちを表すために、和歌では通例

用いない敬語で、敢えて表現した。

❖さば得てよとて、の後には「宣《のたま》はせけり」の尊敬表現を補う気持ち。

⑥C

隈《くま》無き月の入《い》るを眺むるつとめてに外《ほか》に出《い》でたれば、まづいといみじう心さへぞ移りにける。

❖十六夜《いさよひ》の　葉陰に入《い》るやう　眺むるに　いかにめづらしき　心地ぞせむと

現代語訳

一点の曇りもない月が山に入るのを物思いに沈んで見遣る睦月の早朝の事です。外に出てみますと、月に加えて心までもが移ろってしまうようにたいそう感じ入ったことです。

❖陰りのない十六夜月の姿が山の端の葉陰に入る様子を眺めます時に、あぁ、どんなにか滅多にない気持ちがすることでしょう、と感じ入りました。

参考

・心地ぞせむと〜「ぞ」は強調の係助詞で、結びの活用語「む」は連体形。

❖いかにめづらしき〜「いかに」は程度の強調を示す副詞。「どんなにか、さぞかし…だろう」。「いかに…推量」の形を取り、この場合は「心地ぞせむ」で、推量の助動詞「む」。

如月

二月

①C

如月晦方《つごもりがた》、蕗《ふき》の薹《とう》のかしら今し土より出でたらむやと頼みて、走る走る心ときめきしつつ外庭《ほかには》を眺め渡るに、雨打ち降りたる夕《ゆふ》さりのほどになりぬ。そは一寸《ひとすん》ほどなる、一つ、二つ、三《み》つ、四《よ》つ、十《とを》ばかり、いとあはき翠《みどり》出《い》でたる、黄金《こがね》の珠《たま》と覚ゆ。いみじう鮮やかに見えたるなど、なほさらに聞こゆべうもあらず。

❖いと淡《あは》き　命の翠　迎《むか》ふめり　さらにも言はず　黄金の珠な

現代語訳

二月の終わり頃、「蕗の薹の頭が、この今に土から出ているかしら?」と当てにして、本当に胸をわくわくさせながら、お家の庭を眺め渡していますと、雨がひとしきり降った後の夕方になりました。それは、三、四センチほどの大きさのが、一、二、三、四、十ぐらいで、たいそう薄い緑色のが出ているのが、黄金の宝石のように思えます。とても鮮やかに見えている姿は、何といってもやはり殊更に申し上げるまでもなく素晴らしいのです。

❖それは、たいそう淡い新芽の緑色を畑にお迎えしたように見えます。もちろん、言うまでもなく素晴らしいのは、早春に迎えるという、この黄金の玉なのです。

参考

・走る走る＝四段動詞の重ね使いで、胸をわくわくさせながら、どきどきしながら。
・迎ふ～客などを招く。
・めり～視覚推定の助動詞で、「…のように見える」の意味。目あり、が変化したもの。
❖さらにも言はず～慣用句で、「言うまでもない、勿論の事」。
❖黄金の珠な～「な」は詠嘆の終助詞。

②A

夕《ゆふ》暮れのいたう霞渡るほど、つらつき、いとらうたげなる若草の若紫の髪をかきなでつつ、この尼君、

❖ねび行《ゆ》かむ　行く末《すゑ》知らぬ　初草を　見送る露ぞ　見つる先無き

現代語訳

夕暮れのひどく霞が辺りに掛かる時に、お顔付きがいかにも愛らしく、若い芽吹きの感じの若紫の君の髪を掻き撫でながら、この尼君の詠んだことは、

❖これから成長して大人になる将来のことは今分からない、この幼い孫の若紫の君だけれど、頼もしい成長を見届けるはずの自分は老い先短く、この子が人と成るのを見届ける将来はないのが、とてもつらく悲しいことです。

参考

・『源氏物語』の「若紫の巻」から着想した本書作者の創作。若紫は未だ幼女。

・つらつき～お顔つき。　・らうたげなり～いかにも愛らしい。

❖ねび行く～成長して大人になる。

❖若草、初草～幼い孫の若紫をなぞらえたもの。

❖露～老い先短く儚《はかな》く、露のように直ぐ消えてしまう自分を尼君が例えたもの。

❖見送る露〜成長、生い先を見届ける、この自分（尼君）。老い先と同音。

❖見つる先〜成長を見届ける将来。

❖霞、若草、ねび行く、初草は、春。先無きは、露。それぞれ縁語の修辞法。作品の背景で響き合う効果がある。

❖若草の若紫〜同音の響きの重ね。

③B

如月初めつ方の頃ほひ、雪山どものまづいとゆかしくなれば、をみな車にて東《ひんがし》にむかひつつ、遥かに野の方《かた》見遣らるるに、冬の気《け》をもよほし澄み渡るあるやうも、山どものさまもいみじうおもしろし。あな、すずろにあはれなる事、言ふもおろかなり。

❖立ちならぶ　如月屏風《きさらぎびやうぶ》　遥かなり　あてに着たらむ　真白の袙《あこめ》

現代語訳

二月初めに沢山の雪山を見たくなったので、女車に乗り揺らせて、東の方に向かいながら、野原の彼方に自然と目を遣ります。すると、冬の空気をもたらすような澄み切った様子も、数々の山々の様子も、とても素晴らしいのです。まあ！　何とはなく、しみじみとした趣があることは、言葉に表しようがありません。

❖雪が降り積もった山々が遠くに立ち並ぶのは、光り輝く屏風が遥か彼方にあるみたいですね、そして、真っ白な袙を優美に着たように見えることです。

参考

❖あてに着たらむ〜あてに、は形容動詞「あてなり」の連用形で、高貴で気品がある様子。「む」は、推量の形で和らげて表現する婉曲用法で、「真白の袙を上品に身に着けているような」の意味。存続の助動詞「たり」の未然形＋婉曲用法の助動詞「む」の連体形。

❖袙〜平安時代の男子と女子の中着。

④B

人こひしう思ふ歌ども詠みたまふを見奉《たてまつ》れば、

❖なほ萎《しを》れ　屈《くん》じたまふや　案じつつ　成りてあらばや　山路の枝折《しを》り

現代語訳

大切なお方を懐かしむ歌を沢山お詠みなさっているお姿を見申し上げたので、

❖まだ萎れて、しょんぼりと伏せっていらっしゃるのでしょうか、と心配しています。私で良ければ、山の道しるべ（＝枝折《しお》り）になっていたいと思います。

参考

❖下二段自動詞「萎る」と、四段他動詞「枝折る（道案内する）」は掛詞。

❖下二段「萎る」の活用は「レ・レ・ル・ルル・ルレ・レヨ」なので、初句の「萎れ」は命令形ではなく連用形。この連用形と、サ変動詞「屈ず」の連用形「屈じ」が対等並列して、「たまふや」の疑問形に掛かる形。つまり、「萎れて（いらっしゃるし）、ふさぎこんでいらっしゃるのでしょうか」という意味。これを連用中止法と言う。

⑤C

如月初めつ方に、はるばると彼方を見遣れば、時ならぬ薫《かを》り辺《わた》り満つほどになむはべりしに、

❖山里に　花こそすべて　絶えぬとも　時ならず満つ　香《か》ぞこひしきは

現代語訳

二月初めの折、広々と遥か遠くを眺め渡しますと、辺りが時節を外れたように薫りに満ち満ちていましたので、

❖たとえ野山や里には花々がすっかり枯れてしまっていても、未だ春の時節ではないこの今、辺

りいっぱいに広がっている、このお花の香りに心惹かれる思いとなっています。

参考

❖「こそ～絶えぬとも」は、係助詞「こそ」の係り結びの法則による、完了の助動詞の已然形「絶えぬれ」が接続助詞「とも」に導かれ、終止形「絶えぬ」になる。「結びの消滅」。

❖香ぞこひしきは～「は」は詠嘆の終助詞。

⑥B

如月、中の十日《とをか》の頃、内《うち》に渡りて梅壺なる清き梅の木のいと大きなるが見え渡れるを天《あま》にあふぎ見つつ、枝を添へて言ひやりし、

❖久方《ひさかた》の　天《あま》おほひたる　紅《あか》と碧《あを》　目の当たりさへ　眺め渡るな

現代語訳

二月の中頃、宮中に参内して、梅壺の御殿にある美しい梅の木で、たいそう大きなその木が眺め広がるのを空に仰《あお》ぎ見、仰ぎ見して、その枝を添えて贈った歌は、

❖大空を覆っているのは、この梅の木の紅色と御空《みそら》の紺碧《こんぺき》です。そして丁度目の前にしている梅の花も含めて、全部をこのようにして私は眺め続けているのです。

参考

❖久方の〜天に関係する、天、空、雨、月、星、日、光、都等に係る枕詞。

❖眺め渡るな〜「な」は禁止ではなく、詠嘆の終助詞。

⑦C

こちよりては、春の花張り出づれども、春の風立ち寄らで、寒さゆるびもて行かざりぬるほど、さらにまだをかしからず、あいなくなむ覚ゆる。

❖春の花　張り出づれども　にほふ風　立ち寄らざりて　あいなく眺む

現代語訳

近頃、春の花が芽吹き咲いてきましたけれど、春風は未だ吹き寄らず、寒さが温《ぬる》み緩んでいかない時なので、まだ趣があるとは全く言えず、つまらなく思われました。

❖春の花が芽吹いて咲いてきましたけれど、花が美しく映えるまでの風はまだ吹き寄らず、趣があるとは未だ全く言えず、面白くない面持ちで辺りを見渡したことです。

参考

❖にほふ～この場合は嗅覚の香りではなく、第一義の「美しく色づく、色美しく映える」という意味。古今異義語の一つ。

⑧B

如月晦《つごもり》のほど、辺《わた》りの雪消《ゆきげ》いといたう広ごりて、

❖霞立つ　春日《かすが》の雪間　人や知る　たたずみゐれば　はる（張る、春）の初草

現代語訳

二月の終わり頃、雪解けは辺り一面に大きく広がっていて、

❖霞の立ちこめるこの春日野の里での雪解けの様を、私の意中のあのお方はご存じなのでしょうか。立ち止まってじっと見ていますと、足元には、芽が張るという春初めの若草が人成っていることですから。

参考

❖霞立つ～「かす」という同音繰り返しから、地名「春日」に係る枕詞。

❖春日～春の縁語である若菜、若草、初草などと読み込まれる歌枕。奈良市春日野町の藤原氏の

氏神である春日神社辺り、奈良公園一帯の野や春日山等の地。

❖はる～芽が張る、木の根が張るという「張る」と「春」の掛詞。

❖霞立つ、春日、雪間、雪消、初草は全て春の縁語で、背景で響き合っている。

❖人や知る～この場合の「人」とは、特定の人を直接言わないで、「意中のあの人」の意味で使う特別な用法。本歌は、奈良上代から平安時代、ある女性の春初めの淡い心歌として創作。

⑨B

如月三十日《みそか》頃になりて、河津《かはづ》まであからさまに来たれば、桜いみじういとあまた咲き渡れるに、開《ひら》けたるほどは濃きも淡《あは》きも照る日の華やかに射したるままに、こや花の宴《うたげ》な、盛りならば、まづこの清らなるありさま悉《ことごと》過ぎであらなむ、と打ち眺め遣りし。

❖河津花　咲き乱れぬる　こや宴　川《かは》風寄らで　散らであらなむ

現代語訳

二月の終わり頃になり、伊豆（国）の河津までちょっと来たところ、桜が綺麗で、本当に沢山一面に咲いていていました。その咲き加減は濃いのも薄いのも照る日が華やかに射し込んでいるのに任せていています。「これは桜花の饗宴ですね。一番の見頃なら、この美しい様子全てが決して過ぎ行かないでほしいと願うのです」と物思いにふけりながら見遣りました。

❖河津桜が一面に咲き乱れているのは、まぁ、これは正にお花の宴ですね。側にある川の風が渡って近くに来る事がないまま、花桜が散らないでほしいと思います。

参考

❖散らであらなむ〜「なむ」は、他に対する願望の終助詞で、「…してくれれば良い、…してくれないかなぁ」の意味。動詞「あり」の未然形接続なので「あらなむ」。

⑩A

夢に見しあるやう、清水寺の礼堂《らいだう》にゐたれば、別当《べったう》と思《おぼ》しき人の宣《のたま》ふをうけたまはりて詠める、

❖前《さき》の生《しやう》　清水の僧　にてありし　人と生まるる　仏師の功徳《くどく》

❖あないみじ　箔《はく》押しさして　亡くなりぬ　さては吾《あれ》こそ　押し奉《たてまつ》らめ

現代語訳

夢に見たその様子の事です。京都清水寺の礼《らい》拝堂にいたところ、別当（大寺の長官）と思われるお方が仰るお話をお聞きしまして、それで詠んだのは、

❖私の前世はこの清水寺の仏師だったのですね、そして、今また人である菅原孝標女《すがわらのたかすえのむすめ》として生を受けたのは、その時の仏師として果たした良い行ないがあったからこそなのですね。本当に

尊いことです。

❖あらまあ！　その仏師のお方は、ある御《み》仏様の箔を押す仕事を志半ばにして亡くなってしまったのですか。でしたら、この私こそが箔を押し申し上げましょう。

参考

・もしも、『更級日記』の作者、菅原孝標女が作歌したとしたら、こうだっただろう、と仮定しての本書作者の創作。
・そこに見えるのは、作者が見た夢。彼女の前世が清水寺の仏師であった時、寺内東にある丈六《じょうろく》の仏など、仏像を多数作り奉った功徳で、再び人として菅原家に生まれるに至ったとされる。
・車輪が回るように、永久に生まれ変わり続けて生死を繰り返す事は、前世の因縁や宿縁として決まっている。この平安時代の仏教的人生観を仏教語で輪廻《りんね》（古語では、りんゑ）と言う。

弥生
三月

①B

第一部～その夜の前日、平安時代通い婚の思い出

春を迎《むか》ふるほど、花、梅、花桜どもあまた開《ひら》けたるあるやういとめでたしと思はるれど、さりとも心細うて、内《うち》の寒さなほゆるびもて行かざりぬる、誠に侘《わ》びしと待ち侘びたり。かからで、暖けきよすがも御座《おは》しまし合はむものをと、願はむ事の叶はぬ、いみじうあいなくぞ覚えたる。

❖思《おも》ふ人　涙降りつつ　訪《と》ふを待ち　花も恋しも　咲かぬをりにや

現代語訳

平安女流作家の私から。春を迎えるこの時季に、花々や梅、桜などが沢山咲いている様子を心より喜ばしいと思います。それにしても物寂しくて、心の寒さが緩んでまだ融けきっていかないので、本当に興醒めでがっかりの心持ちがして、待ちくたびれています。

こんな風でない、暖かく身を寄せる所、それはあなたの事もそのうちお越しになるのだからと、

今は願いの通りにならないのは、ひどくつまらないと感じられるのです。

❖あなたをひたすら思い、涙まで流し流し、あなたが訪ねて来るのを待っています。けれども、心の花に加えて恋の花までもが、まだ咲かない時なのでしょうか。

参考

・御座しまし合ふ～いらっしゃる、おいでになる。「行く」「来《く》」の尊敬語。

・ゆるびもて行かざりぬる～「動詞の連用形＋もて行く（＝次第に、段々…になる）」＋打消の助動詞「ず」の補助活用連用形「ざり」＋完了の助動詞「ぬ」連体形「ぬる」。寒さがまだ次第に緩んでいかないのは。

❖咲かぬをりにや～咲かぬをりにやあらむ、と補う。係助詞「や」は疑問。

②B

第二部～その夜を越しての明け方、平安時代通い婚の思い出

千種《ちぐさ》なる心ならひにはべりやしぬらむ、と問ひしものの返《かへ》り事たまはぬままに、打ち伏しまどろみつつ一夜《ひとよ》過ぐしぬ。
暁方《あかつきがた》に驚きてなほ聞かばやと思へるに、吾《あ》が下がり端《ば》、なまめかしう掻《か》き遣りたまへる御手《おほん》に、吾《あ》がため懸想《けさう》じたる内《うち》を見しやも、さやはべらむと休らひけり。

❖千種なる　心ならひや　下がり端を　掻き遣りたまへど　さや揺蕩《たゆた》ひぬ

現代語訳

いろいろと移り気のお気持ちになってしまったのでしょうか、ってお伺いしたのです。が、そのままお返事下さらないのに任せて、私はひどく伏せってしまい、まどろみをしつつ、あなたとの一夜が過ぎていきました。

夜明けの暗い時分に、はっと目を覚まし、それでもお返事が聞きたいと思っていますと、私の垂れ髪を上品に優しく掻き撫でてくださったそのお手つきに、私への深いお心の内を見たのかしら、と思いました。でも、本当にそうなのかしらと、心乱れる私はためらってしまったのです。

❖いろいろと気心が多くって、移り気におなりなのでしょうか、とお伺いしてみました。お応えがないままに、明け方に私の垂れ髪を優しく上品に掻き撫でてくださいましたけれど、私への本心なの？　とまた意外に感じてしまい、心揺れ動いている私なのです。

参考

・懸想ず＝サ変動詞。恋い慕い、思いを寄せる事。

③B

第三部～又の朝《あした》、後朝《きぬぎぬ》の別れの後で、平安時代通い婚の思い出

あな、既に暁《あかつき》になりやしぬらむばかりに、わが黒髪掻《か》い遣りし人なれば、一夜《ひとよ》のなごりいみじう心細さ絶へず。

辺《わた》りの霧晴れぬ先に、この今帰《かへ》り出《い》でたまはむとて、内《うち》よりものしたまふ御《おほん》有るやう見遣りつつ、ほど経《ふ》れば、言ひに遣りし、

❖なりぬらむ　またの日来《こ》むと　言ひし君　さにあらまほし　待つ身ぞ憂きは

❖袖ぬるる　朝月夜《あさづくよ》とは　知りながら　なほ待つべしや　夕月夜《ゆふづくよ》の衣《きぬ》

御返《おんかへ》りとて、玉鬘《たまかづら》添へたまひし、

❖又の日の　入相《いりあひ》来《こ》むと　掻《か》い撫《な》でぬ　徒《あだ》なる逢ふ瀬　さやはべりしと

❖なほ頼め　恋の通ひ路　朝宵《よひ》に　永らふべきは　え絶えぬ契り

今一度返《ひとたびかへ》しし、

❖玉鬘　這《は》へてしはべる　前世《さきよ》にも　御《おほん》契りに　しかじ深きは

現代語訳

あら、もう明け方になったのでしょうか、というぐらいの時に、私のこの黒髪を優しく手で掻き分けてくださった人ですから、その夜の名残の心細さといったら申し上げられないほどです。

「この辺りの霧が晴れないうちに、今もう帰るから」と仰います。お部屋からお出になるお姿を私はしきりに何度も見送って、それから時も経ったので、使いの者に遣らせた歌は、

❖今は明け方になったのでしょうか、また明日来るからと言ったあなた。そのようにあってほしいと、この待つ身は心から辛いと思うばかりなのです。

❖衣の袖が涙で満ちる朝月夜が来ると知りながら、それでも待たなければいけないのでしょうか。夕月夜の衣をまた用意しながら。

❖その返歌として、契りが長く延びるという、玉鬘の葉を付けなさり、また次の日の夕間暮れには来るからと、君の髪を優しく撫でた今朝の事は確かに覚えているよ。今までにそう言って会わなかった逢瀬というものがあっただろうか（そんな事はないだろう）、必ず今夜もまた行くよ。

❖だから今までと同じように当てにしていてほしい。僕が通うあなたの所への路は朝も夜もいつもあるものだと信じているし、いつまでも続くに違いない、それは尽きる事のない、玉鬘のような僕達の夫婦《めおと》の縁《えにし》なのだから。

それで私は、もう一度返しました。

❖この世に生まれる先の前世の頃からの深い宿縁だったのですね、この私達の契りこそは。私達の縁の深さには、及ぶものなどない事でしょう。

参考

❖さに～副詞「さ」＋断定の助動詞「なり」の連用形「に」。

❖なほ頼め～頼みに思わせる、の意味の下二段他動詞「頼む」。長月の章、⑦及び、霜月の章、①を参照。

❖玉鬘＝伸びるつる草を褒め称えた言葉、または本歌のように「這ふ」「長し」の枕詞。

❖しかじ～四段動詞「しく（及く、如く、若く）」の未然形「しか」＋打消推量の助動詞「じ」。

④C

弥生、中の十日《とをか》の頃ほひ、淡《あは》き梅の立ち枝、碧《あを》に溶き渡りつつ、我が宿がほになほここら咲きいづるばかりに見ゆる、いと艶《えん》なるこそ言はむ方なけれ。

❖碧に溶き　あはき立ち枝の　艶なりて　我が宿がほに　あまた咲きいづ

現代語訳

この三月の中頃、薄いほどに美しい白梅《しらうめ》の立ち枝が、碧い空にどこまでも溶け込んでいきます。まるでそこが自分の家のように、一層沢山咲きだしている感じに見えます。心ゆくまで艶やかで味わい深いのは、言葉には尽くせません。

❖青空に溶け込んでいくような淡いお色目の梅の立枝が、あまりに艶やかなので、まるで自分の住む家でもあるかのように、沢山咲きだして見えます。

参考

・ここら（そこら）～沢山等の数量が多い、非常に等の程度が極端な様子を表す副詞。現今の代名詞の意味（その辺り、この近辺）とは異なる。第五句の「あまた」と同じ。

❖艶なりて～艶なり、は華やかに洗練されて美しい様子の事。艶やかで美しい、優美である。但し、元が漢語であるため、平安時代では和歌には用いられず、源氏物語では、楽器の音色や空、人の気分や様子等に多用された。本創作では「いと艶なるこそ…」の詞書きで立ち枝について用い、更に「艶なり」の語感を味わえるよう、和歌でも表した。「て」は、「…な様子で」等、状態を表す接続助詞。

⑤A

「思ふべしや。第一ならずはいかに思ふ」と問はせたまふに、

❖第一の　人（君）に思はるる　そは一に　さに思《おぼ》すべし　人は第一

現代語訳

「可愛がろうかしら、どうしよう。もしも私（中宮定子）があなた（清少納言）を一番可愛い大事な人と思わなかったら、あなたはどう思う？」と、お問いあそばしになるので、

❖第一番に尊い中宮定子様からは、有り難い九品蓮台《くほんれんだい》に乗る以上に、それはもう第一番に可愛がられている自分だと私は思っています。中宮定子様も同じように、私の事を第一だとお思いになられているに違いありません、と私はいつも思っています。本当にもったいないことです。

参考

・清少納言の本音を本書作者が創作。深く心が通い合い、強い信頼に裏付けられた主従関係の清

少納言と中宮定子。鑑賞は、『枕草子』第百一段「御《おほん》かたがた、君達《きんだち》、うへびと」。

・「思ふべしや……いかに思ふ」〜初めの「思ふ」の主語は中宮定子、末尾の「思ふ」の主語は清少納言。

・第一〜殊の外、とりわけ一番に、最上級として。

・問はせたまふ〜お問いあそばしになる。「せたまふ」は最高待遇の二重敬語であり、清少納言から中宮定子に対しての敬慕。尊敬の助動詞「す」の連用形「せ」＋尊敬の補助動詞「たまふ」の終止形「たまふ」。

❖初句の「人（君）」は中宮定子、第五句の「人」は清少納言を指す。

❖思はるる〜「るる」は、受身の助動詞「る」の連体形。中宮様から大切に思われる事、それは…、と第三句に続く。

❖九品蓮台《くほんれんだい》〜極楽浄土にある、九種類の蓮の葉形の台。

❖さに思すべし〜そのようにお思いになられる。字数合わせのため、「思し召す」ではなく、「思す」。「思し召す」の方が敬度は高いが、「思す」が天皇に使われた平安時代の用例もある。「べし」は当然の推量で、「…に違いない」の意味。

・世に知られる通り、清少納言は、名歌人で実父である清原元輔《きよはらのもとすけ》の名を汚さぬよう遠慮して、この段と同様、枕草子での歌詠みは殆どしていない。

⑥C

弥生晦方《つごもりがた》の頃、かの媛御前《ひめごぜ》、更級《さらしな》（更科）の山どもの方《かた》はるばる見遣りたまひて、

「あな、嬉しな。吾《あ》が君、やむごとなき公達《きんだち》こそいざこなたざまへおはしませ」と念じたまひつつ、走る走る待ち出《い》でたまへるに、からうして思ひ人が御車《おほんくるま》、御《おほん》あるやう打ち入《い》りたまへり。元までおはしたりて打ち鳴いたまへるは、今のまさかにぞはべる。

かやうに近う見ゆるに、媛のいとど心ときめきする心地したまへる、言ふも更なり、さては、御《おほん》まみ《まみ》のよろこぼひたまへるやう、今更めきたり。

❖胸走り　更級の方《かた》　見遣るとは　君ならざらば　たれに告げよと

現代語訳

三月も押し迫る頃、その媛君は、信濃国は千曲川の地の方角にある山々を遥か彼方に見遣りなさり、

「あぁ、嬉しいこと！　この上なく大切な私のあなた様、さぁ、こちらにいらっしゃいませ！」と心の中で願いなさりながら、わくわくして出逢い待ちをなさっています。漸く、そのお方が運転する機関車、そのお姿が勢いよく駆け入りなさいました。媛君の側までいらっしゃった時に、汽笛を鳴らしなさいますのは今この時です。

こんなにも近くお目に掛かったので、一層わくわくと胸躍る媛君のお気持ちは今更申し上げるまでもありません。また、御目元が綻びなさるお喜びのご様子も、改めて申し上げるまでもないのです。

❖胸を高鳴らせて、山の彼方の更級の地を見遣るという事は、あなた様でなければ、その外《ほか》の一体誰に告げよというのでしょうか。

参考

・本書作者が撮影した写真を元にした創作。その写真は「結び」に掲載。

・かの媛御前〜本書作者の事。作者が登場人物（自分）を第三人称で表して、書き手と登場人物を区別する物語的手法。自己を客観視する効果がある。

❖「更科」「更なり」「今更」は反復法。同一または類似の語句の繰り返しで、絵画的に印象を深める用法。

⑦C

弥生の頃、十日《とをか》余り二日、さやけき陽《ひ》の光華やかなりて、いとど増しぬるままに、梅あまた開《ひら》けぬ。然《さ》ては、家庭《いへには》のちひさき花桃からうして綻《ほころ》びぬるをおのが目の当たりにし、又の日のやうも、辺《わた》りまづいと隈《くま》無く明かりて、なほ、さらに今こそ言ふべうもあらざれ。

❖中つ方　日も隈無うて　花桃な　飽かぬ心地を　今のみぞ知る

現代語訳

この三月の頃の十二日、清く澄んだ陽の光は華やかで美しくなり、その様がますます盛んになるにつれ、梅が沢山咲きました。そして、家の庭の小さな花桃の木も漸くにして蕾となっているのを目の前にしました。次の日も、辺りは隅々まで光が照るようになり、何といってもやはり今こそ言うまでもなく喜ばしいのです。

❖三月も中頃、照る日も地上を隅々まで照らし、陰りもなく清く澄んでいます。これは庭の小さな花桃ですね、いつまでもずっと飽きないこの気持ちが、今漸く分かりました。

参考

・…ままに～…するのにつれて

・からうして＝からくして～辛く（辛し［辛い、危うい］の連用形）＋接続助詞「して」（～の様子で）のウ音便。かろうじて。

・今こそ…あらざれ、ほどこそ…めでたけれ～「こそ～已然形」は、係り結びの法則。

・言うべうもあらず↓慣用句、言うまでもなく。言うべくのウ音便。

❖隈無うて～形容詞「隈無し」で「陰になる所がない。光が余す所なく隅々まで照らしている」の連用形で、ウ音便。

⑧C

更級の日記《にき》にさること書き交《か》はされしかし、とて、

❖また来《こ》むと　契り置きしの　梅の華　光の春に　風の春訪《と》へ

現代語訳

「更級日記にはそのような事が手紙で取り交わされたわよね」と言って詠んだのは、

❖『更級日記』作者の菅原孝標女《すがわらのたかすえのむすめ》の継母が「これが咲く春にはまた来るから」と約束した梅の花ではありませんが、光降り注ぐ春に暖かな風の春が訪れるのをもう間もなくと頼みにするこの私です。

参考

❖「また来《こ》むと　契り置きしの　梅の華」は、本書作者が創作した序詞《じょことば》。『更級日記』の継母のお話「春にやって来る」に縁のある「風の春訪ふ」を導く。

⑨B

弥生末《すゑ》つ方の頃ほひ、暖けき風の香《かう》にほひぬるをり、をんな車にて歩《あり》きき。木暗《こぐら》きこずゑども茂れるに、枝ひろびろと荒れ渡れる辺《わた》りなれど、花どものうるはしう清らに咲き乱れ、いみじうをかしげに見え渡りて、あなに、こは桜花にはべめり、と打ち見遣れば、まづいと心地好《よ》げに風に吹かれしほどに、

❖木暗かる　辺《わた》り照るまで　咲き乱る　何やさぶらふ　桜と知るは

現代語訳

三月の終わり頃、温かい風の香りが広がるのに誘われまして、女房車で歩き回りました。木の枝先がこんもりと薄暗く茂っていて、枝が広々と荒れ続いている所でしたけれど、花々が色鮮やかに華やかで美しく咲き乱れていました。たいそう趣良く見え続いていましたので、あら、まぁ、これは桜花のようですね、としきりに見ますと、本当にとても気持ち好く風に吹かれる間に（詠んだのは）、

❖木立が茂り、ほんのり暗い辺りまで照るほどに咲き乱れているのは、何かと思いましたら、桜花と知ったのですねぇ。

参考

❖桜と知るは～「は」は詠嘆と感動の終助詞。

⑩B

あな、こや置き去りの一つ葉なり。まして、内《うち》の一つ花ばかりぞ散らであらなむと覚ゆるに、さてこそ、袖の涙川《がは》見ゆるままに、涙目抑《おさ》へつつ夜もすがら明かしつ。

❖花散らす　風来たるとて　わが雪消《ゆきげ》　徒名《あだな》つれなし　袖の柵《しがらみ》

現代語訳

あらまあ、これこそは置き去りにされた一枚葉なのです。葉一枚でもそうなのに、言うまでもなく、心の花一輪だけは散らないでほしいと心で願うのに、このように涙が袖に川のように流れるのを見るに任せています。涙溢れる目頭を押さえ押さえしては、一晩中明け方までそのまま朝を迎えたのです。

❖「花を散らす風が吹いて来たから大変」と言って、私の春心の雪解けは、心ない濡れ衣の噂のために思いのままにならないのです。それで、袖で涙を抑えているのです。

参考

❖雪消＝雪解～春が訪れての雪解け、雪解け水。良い意味で使う。ここでは、心ない濡れ衣の噂が無く、一人悲しく取り残されずに、春心がいっぱいになる事。

❖徒名つれなし～徒名は第二義である、根拠のない噂や濡れ衣の事。形容詞「つれなし」は、自分の思いのままにならない、情けないという気持ち。

❖袖の柵～涙の流れを抑える袖を、涙の川の流れをせき止める柵に見立てた言葉。歌意としては、「本来なら、春の雪解け水が心の中に流れているはずだけれど、春の心の葉や花を散らす濡れ衣の噂風が吹いて来た。思い掛けずも、春の雪解けの川ではなく、涙の川が流れる事になり、流れる涙を今は袖で抑えている」という気持ち。

❖風＝徒名、葉と花＝自分。「徒名」は濡れ衣なので、「袖の柵」の意味上の縁語となっている。

卯月

四月

①C

卯月初めつ方、平安遷都の神苑《しんえん》に打ち佇みつつ花に愛《め》でたれば、諸共《もろとも》におはします知りたる人、いといたう清らなりと宣《のたま》へるに、げにとて仰《あふ》げば、京洛《きやうらく》の春を悉《ことごと》集めたらむやうに見えし。こや、枝垂《しだ》れな、と思ふどち物語などして、

❖京洛の　春をみな颯《さ》と　集めたる　花愛づるほど　過ぎであらなむ

現代語訳

四月初めの頃、平安神宮境内の庭園に佇んで、花々に心惹かれていますと、一緒にいるお友達が、「本当にこの上なく美しいわねぇ」と仰います。私は、「本当にそうねぇ」と返し、上を仰ぐと、京の都の春を残らずすっかり集めたように見えました。

「これはまぁ、しだれ桜なのね！」と気の合った者同士おしゃべり等をして（詠んだ歌は）、

❖京の都の春を一堂に集めたように見えるこの時季の、花桜を賞美するひとときこそは過ぎ行かず、このままでいたいと思いますね。

参考

❖颯と～「さっと、ぱっと」で、元の意味は、瞬間的に行動したり物事が起こったりするさま。この場合は、神苑の花桜が都の春を瞬く間に一つ処に集めたように見える、の意味。

②C

卯月朔日《ついたち》の頃、天仰《あまあふ》げば雲らはしきありさまなれど、翠微《すいび》に開《ひら》けたる濃くあはき桜花の雲眺めらるるに、いざさせたまへ。あなに、めでた。目の当たり立ちたる、かかるをかしき山里な、とて

❖濃くあはき　雲ゐならぬは　花の雲　桜立ちたる　山里をかし

現代語訳

四月最初の日に、空を仰ぎますと曇りがちでくすんでいましたが、山の中腹に咲いている桜花の濃いのや薄いのが花雲のように眺められますので、「さぁ、どうぞお越しください。あぁ、素

晴らしい。目の前に立ち現れているこのような風情ある山里の景色ですこと」と言って、

❖雲ではない、濃いのや淡いのは、遥かに眺め遣る沢山の桜の花雲です。それらが立ち咲いている、この山里の風情の何と美しいことでしょう。

参考

・雲らはし～形容詞で、曇り模様だ、曇りがちだ、くすんでいる、の意味。
・翠微～山の中ほど、山頂に近い中腹。
・山里ばかり～山里ばかり（をかしきは無し）と続けて、補う気持ち。

③A

長久三年卯月十日《とをか》余り三日《みか》、故宮《こみや》のおはしまさでのち、両宮《りやう》かはらず藤壺《ふぢつぼ》に住み渡らせたまふに、月隈《くま》無き明《あ》かき夜、あまたさぶらふ女房《にようばう》、故宮の昔を心に染《そ》めつつ思ひ出でらるるをり、宮達の上らせたまふなるいみじう艶《えん》なるおとなひ目の当たりに聞きはべるにも、人々偲びておのづから言ひ出《い》づる、いとあはれなり。

❖明かき月　思ひ出《い》づるは　内辺《うちわた》り　宮のおとなひ　よそに聞きつつ
つきづきしからむとてさらに、
❖内辺り　宮のおとなひ　よそに聞く　昔の世とぞ　染《そ》むる月影

現代語訳

長久三年（一〇四二年）四月十三日、祐子（ゆうし、五歳）と禖子（ばいし、四歳）の両内親王様は、（両内親王様の母親である）中宮嫄子（げんし）様がお隠れになられた後も、そのまま藤壺邸にお住みになられています。

十三夜の月が陰りなく明るく照らす夜、大勢でお控えしている女房方が自ずと、嫄子様の生前のご様子を心に深く感じて懐かしく思い出しています。両内親王様がご参内《さんだい》なさるらしい、たいそう優美な物音と気配が目の前に漂うのを聞きつけるのにも、人々が嫄子様を懐かしんで自然と話し出すのは、本当にしみじみと哀しい気持ちになります。

❖今は明るい月でいらっしゃる母親の中宮嫄子様が、天皇様の元にお入りになるお二人の内親王様の気配を、今夜も御空遠くからお聞きになるのに合わせて、私達も自ずと宮中の嫄子様を思い出していることです。

また更に同じように、似つかわしいとして詠んだのは、

❖この宮中で、お二人の内親王様が天皇様の元にお入りになる気配を、今は明るい月でいらっしゃる中宮嫄子様が今夜も御空遠くからお聞きになっています。嫄子様は、あぁ、過ぎ去った世が懐かしいわね、と私達と同じように、きっと心に深く感じていらっしゃることでしょう。

参考

・『更級日記』作者、菅原孝標女《すがわらのたかすえのむすめ》の立場での本書作者の創作。『新勅撰和歌集』と『栄花物語』の一部鑑賞。

・中宮嫄子様は、私（本書作者）がお仕えしていた第一子の祐子内親王様をお産みになった翌年、第二子の禖子内親王様をお産みになると、悲しいことにそのまま二十四歳のお若さでお隠れになられた。

・両内親王様はその後も続けて、母君の御座所《おましどころ》であった藤壺御殿＝飛香舎《ひぎやうしや》にお住みになられ、主上《しゆしやう》（後朱雀天皇）様の元に参内なさるようになった。

・なお、中宮嫄子様に代わっては、女御生子《にょうご》（せいし）様が北隣の梅壺御殿＝凝華舎《ぎょうくわしゃ》から入内《じゅだい》

なさるようになった。

❖第一首は九～十世紀の古今調、三句切れ。三句目に体言を置き、上下の句に共鳴させ、二重《ふたえ》の働きを示す組み立てにした。全体を真ん中でまとめる感じ。古今調の末尾は「袖ぞ濡るる」「袖の香ぞする」や本歌の「よそに聞きつつ」等、結句に柔らかい言い回しを好む。

❖対して、第二首は結句を体言止めにし、余韻を残しての新古今調。

❖よそに～副詞「よそながら（離れた所から）」の意味で使っている。

❖故宮様を明かき月に例えて擬人化、宮中に仕える女房方が故宮様と気持ちを同じくして、両宮様をよすがとして昔を偲ぶひとときとした。

④A

さ思《おぼ》すなるやうはべりけりとて詠みし、

❖言ひ出づる　故宮のおとなひ　艶なるを　呼びに遣《つか》はす　飛香舎《ひぎやうしや》の藤（藤壺《ふぢつぼ》の宮）

現代語訳

「そのようにお思いになるらしいわけがございましたのね」と詠んだのは、

❖女房方が自ずと話し出すのは、故宮様が入内なさる時の上品でつややかな音の気配ですが、それを招き寄せるのは藤壺御殿の花藤なのですね。

参考

・前項、故宮様のエピソードその二。

❖飛香舎《ひぎやうしや》～平安京の内裏《だいり》五舎の一つ。凝華舎《ぎようくわしや》の南に連なる、弘徽殿《こきでん》の西の中宮や女御《にようご》の御殿。前庭に藤の木があったので、藤壺とも言う。

⑤A

さらにこゑくはへ聞こえむとて、返《かへ》しし、

❖明かき月　藤の月影　見行《そな》はす　いとどあはれに　花篝《はなかがり》燃ゆ

現代語訳

「更にご唱和申し上げます」と言い、返した御歌は、

❖故宮様は昔を思い出しつつ、十三夜の月に照らし出された藤の花を御空から今ご覧になっているのでしょう。見るからにますますしみじみとした感じで、花篝も燃えていますので。

参考

・前項、故宮のエピソードその三。花篝は、夜桜を見るたびにたく篝火のことで、春の事物。
・こゑくはふ～声加ふ＝唱和する、声を合わせる。
・聞こえむ～この場合は、謙譲の補助動詞「聞こゆ」で、「お…申し上げる（お唱和させて頂きます）」。

❖月影～この場合は、月光に照らし出された藤の花の事。

⑥C

卯月初めつ方のをり、山風心地好《よ》げに渡りつつ、花桜、心地好顔《よがほ》に散り乱るに自《おのづか》らなどは思ひ出《い》づる、紫の物語、花散里《はなちるさと》、目の当たりにおはします御有《おほん》るやうこそなれ。なほ、かの媛御前《ひめごぜ》の心地して、

❖言ひ知らず　いと艶《えん》なるは　散りまがふ　飾らるる吾《あれ》　余りの心

❖清らなり　散り染め（初《そ》め）たるは　花桜　散らであらなむ　さのみやはとて

現代語訳

四月初めの折、山風が気持ち好く辺りを吹き抜けながら、花桜が気持ち好さそうな面持ちで盛んに散る時に自然と思い出す情景は、源氏物語の花散里の媛君が目の前にいらっしゃるご様子です。何といってもやはり、まるでその媛君の気持ちがして詠んだのは、

❖言葉には尽くせないほど、たいそう艶やかで美しいのは、盛んに散り乱れた桜花です。その花びらに私の足元は綺麗に飾られて、まるで花散里の媛君のような雅《みやび》な気持ちになっています。

❖桜の花びらが上品な様子で私の足元を淡く散り染めて（初めて）います。それまで私は散らないでほしいと思っていましたのに、こんな見目麗しく上品な様を目の当たりにして、その思いは本当にそうでしょうか、いいえ、違うのではないでしょうか。どのようにしても桜花は美しいのですねぇ、と思います。

参考

・自らなどは～副詞句で、自然と。いつの間にか。

❖余りの心～和歌用語で、言葉には直接表されていないが、和歌の表現内容の奥に感受される美的情緒や感情、趣。この場合は、花散里の媛君の雅な気持ちに限りなく添う事。

❖「染めたる」と「初めたる」は掛詞。「花散里」と「散る」は「山風」の縁語。

⑦B

卯月朔日《ついたち》の頃ほひ、御《おん》花々あまた咲き出《い》でなむと待ち出でたるに、濃く淡《あは》きなどやうに野も狭《せ》にところどころは打ちこぼれつつ、あはれにこそ開《ひら》き渡るままに、吾《あ》が徒《あだ》に恋《こ》ふる袖の氷の雪消《ゆきげ》、溢《はふ》り出《い》でつつ、やがて袖も所狭《ところせ》うなりぬれば、さてこそ袖の涙川《がは》、涙目にて抑《おさ》へ夜もすがら明かしつ。

❖花溢《はふ》る　ほどなりぬとて　わが雪消　涙ぞ溢る　袖の柵《しがらみ》

現代語訳

四月初めの頃、沢山の花々が咲き始めてほしいと待ち受けていました。濃いのとか薄いのとかで野原も狭くなる感じで、あちらこちらはらはらと花びらがこぼれながら、しみじみと咲き続いています。

それにつれて、実もなく恋する袖の涙氷の雪解け水は、いっぱい目に溢れ出てしまって、そのまま私の袖も所狭しとなってしまいました。そういうわけで、涙川になっている袖をまた涙目で押さえながら、一晩中夜を悲しく過ごし明かしたのです。

❖花が沢山溢れる時季になったと言って喜んでいましたら、今度は、実のない涙の袖氷の雪解け水がいっぱいになり流れています。それで、悲しいまま袖を涙で押さえているのです。

参考

・春の雪解けが来ても実らない恋、本書作者の創作。
・袖の氷～霜月の章、⑨参照。
❖はふる＝溢れる。雪消＝ゆきげ、雪解け。
❖柵＝さく、しがらみ。この場合は、涙を止める袖の意味。

⑧B

卯月晦方《つごもりがた》、井手《ゐ》の玉川なる所へ移ろふ。夕日のいとけざやかに射《さ》したりて、辺《わた》りところどころ散り渡るに、

❖飽かざりき　打ちこぼれつつ　ひねもすに　あはれにも成る　山吹舞へり

現代語訳

四月の終わり頃、井手の玉川にある、その場所に移り住みました。夕陽がたいそうくっきりと

射してきて、辺りの所々に花々が散り続いていますので、

❖ いつまでもずっと飽きる事がありません。それは、朝から晩まで幾度も散り落ちながら、本当にしみじみと心を打つ山吹の花々が舞い踊っているからです。

参考

・井手の玉川～古歌に詠まれた六か所の玉川、「六玉川《むたまがわ》」の一つ。ここでは、京都府綴喜《つづき》郡井手町を流れる川。

❖飽く…A．基本は、心が満ち足りて、これ以上何も要らないという満足した気持ちになる事。B．そこから転じて、十分満足しすぎて嫌だと思うくらいうんざり飽き飽きする、というAと正反対の意味にも使われる。

❖飽かざりき～平安時代に多用された連語「飽かず」の応用変形。飽かずとは、心が満たされない、の意で二種類ある。ア．ずっと飽きずに、イ．物足りずに。

ここの「飽かざりき」の「飽く」は、右のBの意味で用いている。つまり、「ざり」は打消の助動詞なので、「飽かざりき」は、うんざり飽き飽きする事はなく、満たされた心がいつまでも続くという意味。飽きがこない、飽きずにずっとそのままで。右の「飽かず」のア．に相当する。原形「飽く」がAかBか、また「飽かず」がアかイなのかは、その作品により、境界や

区別が判然としない事も多い。

❖あはれにも成る～「あはれに」は「あはれなり」の連用形で、連用修飾語となる連用法。「も」は強意の係助詞で、…も、…までも。「成る」は四段動詞の連体形。全体としては、形容動詞「あはれなり」の強意形。本章の⑨、その二参照。

❖本歌取り～『新古今和歌集』春下・藤原俊成《ふじわらのしゅんぜい》「駒とめて猶水かはむ山吹の花の露そふゐでの玉川」

⑨B

卯月の月眺め、三題

◎その一　月眺むる宮人に、雅《みやび》に寄《よ》そふべき方《かた》なむはべるとて、

❖常《とこ》しなへに　いとど増さるは　物思ひ　はるばる眺む　古《いにしへ》の宮

現代語訳

月を愛で、物思いして過ごす宮仕えの人に、「優雅な振る舞いによそえるのに相応《ふさわ》しいやり方

があります」と言って、

❖いつまでも変わらずますますのこと強くなるのは、あの頃への物思いです。月を仰ぎながら、今とは違う遥か遠い宮中の昔に思いを馳せる事なのです。

参考

・寄そふ～この下二段他動詞は、よそえる、関係づける、例える、事寄せる、なぞらえるの意味。
・宮人～宮仕えをする宮中の人。

❖物思ひ～あれこれと物思いにふける事。　❖眺む～物思いをして過ごす。

◎その二　あはれにも成る　十六夜《いさよひ》の月影、山の端《は》高《たか》う仰《あふ》ぐばかりに、

❖吾《あれ》もさに　雲居《くもゐ》の月に　誘《いざな》はれ　あはれの限り　影出《い》づるまで

現代語訳
もの悲しい気分でしみじみと心を打つ趣ある十六夜の月明かり、それを山の稜線高くに仰ぎ見るほどになったので、
❖自分もそのようにして、空に浮かぶ十六夜の月に誘《いざな》われてみたいものです。しみじみとした情趣をあるだけ全部その限り、月明かりが西空に消えてしまうまで物思いしたいものです。

参考
・あはれにも成る〜形容動詞「あはれなり」の連用形「あはれに」+強調の係助詞「も」+四段動詞「成る」の連体形。「ひどく悲しくも、しみじみと心を打ち感じられるまでに成る」の意味。「あはれに」は「成る」の連用修飾語となる連用法。「成る」は四段動詞の連体形。「あはれにもなる」全体としては、形容動詞「あはれなり」の強意形と見る事ができて、ひとまとまりの連体修飾語として、「月影」に掛かる。
・月影〜①月光、月明かり、②月光に照らし出された人や物の姿、形、③月の形や様子。ここでは①。
・さに〜そのようにして。
❖雲居〜この場合は、雲のある所、御空《みそら》。他に、宮中の意味もある。

❖影出づるまで～月の光が西に傾き、見えなくなるまで。影出づるまで（眺む）という気持ち。

◎その三　夜もすがらこの辺《わた》り歩《あり》きし御気色《みけしき》の御《おん》方見ゆるに、
❖心有る　人に見せばや　夜《よ》の深き　月をし飽かぬ　心地するまで
御返《おんかへ》り事とて、
❖月を愛で　花を眺めど　つゆ飽かず　やがてゆくめり　をりぞ恋《こひ》しき

現代語訳

一晩中こちら近くを歩き回ってきたご様子のお方が目に入ったので、
❖ものの情趣を解するあなたに是非ご覧に入れたいものです。夜更けの明け方の月を、飽きが来ないで、まだ眺め足りないという気持ちになるまで。

とお声掛けしたところ、そのお返事として、

❖月を愛でて、桜花を眺めたのに、今宵もまた一向に飽きる事がないのですが、直ぐさま過ぎて行ってしまうような、その時こそが、恋しく愛しく思われるのです。

参考

・現代であれば、月眺めをあまり知らない人に対して、眺め飽きるまで見せたい、となるところ。ここはその逆で、返歌の通り、相手の人がいつまでも眺め足りずもっと見ていたいが、その時間でも短過ぎるというほどの、情趣を深く解する人なので、少し見せるだけで作者は満足できたという話。

❖夜の深き〜暁方とほぼ同じ時刻。この頃に見えるのは有明の二十日月《はつかづき》等。

❖飽かぬ心地、つゆ飽かず〜有明の月をいつまでも眺め足りないと思うほどの気持ち。「飽く」「飽かず」については、本章の⑧と皐月の章の⑨参照。

⑩C

然《さ》るべき人に贈る御《おん》いらへなど聞こえさすに、香付《かう》きたる紙の、また香付きたるしをりはべりき。さらに、淡《あは》き香色《かういろ》といふ紙にて文《ふみ》にこそせしか。

❖家辺《いへわた》り、山風安らかに吹き渡り、うぐひすさへかしがましう鳴きたるに、春の盛りの声《こゑ》あまた広ごりぬ

現代語訳

ある大切なお方に宛てるお返事等を申し上げる時に、お香の付いた用紙で、それと別にお香付きの枝折《しお》りもございました。そのうえ「薄めの香色《こういろ》」という紙で手紙にしたのです。

❖私の家の辺りでは、山風が穏やかに一面に吹き続き、鶯までもがやかましいほどに囀《さえず》るので、それで春真っ盛りの声が沢山広がっていることです。

参考

❖和歌に見立てて表現した、手紙の散文。

皐月

五月

①A

今は昔、童男《おのわらは》と童女《わらはめ》、思ふどち二人、陸奥《みち》の国に住みけり。わらは遊び外《ほか》に出でて明け暮れなむしける。年頃経て、大人に生《お》ひなりにければ、離《か》れて暮らしたるに、この女「かやうにこそ思ひ渡りしか」と打ち眺めて詠める、

❖咲くと待ち　出《い》でて遊びし　花桜　へだたる里の　人や覚ゆる

現代語訳

今はもう昔のことだが、ある男の子と女の子、二人気の合う者同士が東海道の奥の北国に住んでいたそうだ。二人で子供遊びをするということで、朝夕日々、明けても暮れても戸外に出て遊んでいたそうだ。何年かが経って、二人とも大人になったので、お互いに離れて暮らしていたところ、この女が「こんなにもあなたをお慕いしていました」と物思いして詠んだ歌は、

❖もう咲くよと言っては外に出て遊んだ、あの桜の花の事を、遠く離れた村に住むあの人は今でも覚えているのでしょうか。あの時の事は、今でも決して忘れない私の思い出です。

参考

・桜綻《ほころ》ぶのは春遅くになってからの、陸奥の国の物語。『伊勢物語』を鑑賞、「筒井筒」や「行く蛍」等の表現スタイルを参考に本書作者の創作。
・わらは～元服前の子供、三歳から十六歳ぐらいまで。
・思ふ（思ひ）どち～ここは気が合う者同士。他に、思い合う者同士、思われている者同士。
・陸奥の国～昔の勿来《なこそ》と白河の関以北。みちのく。今の福島、宮城、岩手、青森の四県と秋田県の一部。
・明け暮れ～朝も晩も、明けても暮れても、いつも、始終。
・なむしける～強意強調の係助詞「なむ」＋サ変動詞「す」の連用形「し」＋過去回想と伝聞の助動詞「けり」の連体形「ける」。
・「なむ…ける」は、係助詞「なむ」の係り結びの法則で、末尾の活用語「けり」は、連体形「ける」で結ぶ。伝え聞きのお話なので、この場合の「ける」は「していたということだったよ」の意味。
・年頃～副詞で、ここ数年、数年来、何年か。古今異義語の一つ。
・かやうにこそ思ひ渡りしか～「かやうに」は、形容動詞「かやうなり」の連用形。「こうこうこれこれと、こんな風に強く、こんなにまでも深く思い続けていた」の意味。「渡る」は、思ふ＝恋い慕う行為が時間的に連続している事を表す。

「こそ思ひ渡りしか」は、係助詞「こそ」の係り結びの法則で、末尾の過去の助動詞「き」は、已然形「しか」で結ぶ。

・打ち眺むる〜打ち眺むる（歌は）、と省略を補って考えるので、下二段動詞「眺む」は、連体形「眺むる」である。この「眺む」は、古今異義語の一つで、現今では「眺める＝見渡す」という視覚動作だが、平安時代では「物思いしながらぼんやりと辺りを見遣る」「物思いをして過ごす」等、心の動きに重点がある。

❖人や覚ゆる〜主題となる、この女の切ない恋慕の一言。「人」は、大人になった童男を指す。この場合の「人」とは、特定の人を直接言わないで、「意中のあの人」の意味で使う特別な用法。本歌は、この女性の一人告白ともいえる心の歌として創作。

「や」は、問いかけの係助詞で、活用語は連体形で結ぶので、続く下二段動詞「覚ゆ」が連体形「覚ゆる」となっている。

②A

松のうれ吹く風の心細う聞こゆるほどに、日頃待ち渡れど、左近衛大将《さこんえのだいしょう》つゆおはしまさざれば、君慰めずは露、とて、

『みづから悔ゆる』の尚侍《ないしのかみ》の書き置きし、

❖山の端《は》の　人目も知らぬ　松風に　今も消《け》ぬべき　露の命を

現代語訳

（この大《おほ》内山に住んでから暫く経って）松の葉裏に当たる山風がもの寂しく耳を打つのが心に染《し》みる間にも、左近衛大将は一向にお帰りなさいませんので、「あなたがお慰めくださらないと私の命は朝露のように消えてしまいそうです」と言って、

『みづから悔ゆる』の尚侍が書き置いた歌は、

❖大内山の頂に近い尾根伝いのここで、あなたのお帰りを待つ事ばかりですが、訪れるのは松（待つ）の葉裏に渡る風だけで、一向に戻っていらっしゃいません（あなたどころか誰も訪れる事はないのです）。それで、今にも風で消えてしまう朝露のような、私の恋の命を一体どのようにしたら良いのでしょうか（その術も分からぬままに、私は心ならずも大内山を下りることにします）。

参考

・『風葉和歌集』の九首などを鑑賞し、本書作者が創作。和歌は区切れなし。

・『みづから悔ゆる』とは、『更級日記』の作者、菅原孝標女《すがわらのたかすえのむすめ》作と伝えられる(『更級日記』の藤原定家による奥書から)、今は既に散逸した物語。おそらく『更級日記』よりは以前に書かれたと考えられる。その痕跡のある、『風葉和歌集』を鑑賞し、大内山を堪《たま》らず飛び出した尚侍の気持ちに共感しての歌物語。

・九首の和歌から分かるあらすじは、左近衛大将が、最初に女官である尚侍、暫くしてから右《う》大臣女《だいじんのむすめ》とままならぬ間柄になり、自ら悔いる人生を送らざるを得なかった物語、と見られている。

・最初、左大将《さだいしょう》は何らかの事情で尚侍を大内山(京都西郊御室《おむろ》の北嶺)に隠し据えていたが、途中から、右大臣女との結婚話を余儀なくされ、尚侍に対して引け目を感じつつも右大臣家に通う事になる。左大将は山に戻らず、尚侍は、大内山に一人残される日が重なり、待ち続ける寂しさと悲しさに耐えかねて、一時行方知らずになる。

・左大将は懸命に探し出して漸《よう》く尋ね当てるが、尚侍の気持ちは既に以前とは異なり、直ぐには戻りにくくなった。尚侍は何らかの伝手《つて》を頼り、宮中に身を寄せて、やがてそれは帝の目に留まり寵愛《ちょうあい》を受け、その後、この尚侍の役職に昇り詰める。

・うれ～葉の裏。現今と同じく、うら、とも。

・日頃～かなりの数日の間。現今では「普段、近頃」の意味で多く用いる。古今異義語の一つ。
・左近衛大将～令外《りょうげ》の官の一つ、左近衛府《さこんえふ》の長官で、従三位相当。多くは大臣や納言《なごん》が兼任した。左近大将《さこんのだいしょう》、左大将とも。
・つゆおはしまさざれば～「つゆ（副詞）…打消語（ここは、ざれ）」で、「全く…ない」の完全否定。一向に戻っていらっしゃらない、の意味。四段動詞「おはします」は、「居る」の尊敬語で、同類の「おはす」よりも更に敬度が高い。「ざれば」は、否定の助動詞「ず」の已然形「ざれ」＋接続助詞「ば」で、順接の確定条件「…ないので」。
・君慰めずは露～「君」は左大将のこと。左大将様が大内山に戻り来て慰めてくださらないと、私は松（待つ）風が涙の朝露を消すように消えてしまいます、の意味。「露」は少しばかりの儚いもの、または涙の意。「つゆ（副詞）」と「露」は、同音異義の言葉。
・尚侍～律令制で内侍司《ないしのつかさ》の長官。天皇の身の周りの世話に当たる任。初め従五位相当のち従三位相当。
・書き置きし～書き置きし（歌）。「し」は過去の助動詞「き」の連体形で、「歌」を補って考える。尚侍が書き置きした歌は次のようでした、の意味。尚侍は、この歌を帖紙《たとうがみ》などに書き置きし、大内山を後にしたと想定した。
❖山の端の　人めも知らぬ　松風に～大内山は右京区仁和寺北にあり、宇多天皇の離宮もあった。人目も知らぬとは、左近衛大将を含む人の行き来や出入りがない事。

松風＝待つ風、の掛詞。言問《こと》ふ（＝訪ねる）のは、松に渡る風ばかりで、左大将様は一向に戻ってきてくださらない、の意味。「に」は格助詞で、手段や原因、理由を示し、「…によって、…のために」の用法。人目を知らない松風のために、露のように消えゆく私の命は一体どうしましょうか、の意味で、第四句へ続く。

❖消ぬ～消えてしまう。「消《き》ゆ」の連用形「消《き》え」が変化した「消《け》」に、完了の助動詞「ぬ」（この場合は終止形）が付いた形。

❖第四、五句「今も消ぬべき　露の命を↓いかがはせむ」と暗にほのめかして続く気持ち。今にも消えてしまうような恋の命を一体どうしようか、どうする事もできない、なので、心ならずも大内山を下りる事にします、という尚侍の気持ち。

③A

左近衛大将《さこんえのだいしょう》、右大臣女君《みぎのおとどのめぎみ》との由《よし》にて通ひ初《そ》めたまひしを、さあるやうやうやう心得て、この身こそ隠るべけれとて、雲ゐにまゐりにて忍びなるやうにこそはべりけるに、思ひ果てつる、正に本意《ほい》なるべしとて、

この『みづから悔ゆる』の尚侍《ないしのかみ》の詠める、

❖涙目に　かかる契りの　行く末《すゑ》に　わが身の憂きを　悔いもやはする

現代語訳

左近衛大将は、右大臣殿の女君との縁故により、右大臣家にお通い始めになりましたところ、(その後、左大将が探し当てた)尚侍は、左大将と女君の間の事情を漸く理解しました。そして、『それならば、私は心ならずも、自分こそは姿を隠してしまうべき』と思い、左大将には隠れて宮中に参内した姿で、その身は人目を避ける様子でこそございました。が、『心に決めて思い続けるこの気持ちは、以前からの私の本望に違いないのだから』と思って、

『みづから悔ゆる』の尚侍が詠んだ歌は、

❖涙ばかりが頬に掛かる辛く悲しいばかりの身ですが、こうした私達の宿縁の事をいつも心に思ってきました。この先々の果てに、左大将様との前世からの縁《えにし》を悔いる事をする、この事さえもがあるでしょうか、いいえ、悔いる事など決してありません。

参考

❖前項②の続き。『風葉和歌集』所載の九首などを鑑賞して、本書作者が創作。和歌は区切れなし。

・今は散逸した物語『みづから悔ゆる』については、②の参考を参照。物語の詳細は、『風葉和歌集』の和歌などからおおよそ推察される以外は、不明である。

・左大将と尚侍は大内山で過ごしていた。ところが、左大将と右大臣女《うだいじんのむすめ》との結婚話で、尚侍は左大将につれないようにされるが、尚侍がこの事情を知ったのは、大内山から一人寂しさのために立ち去った尚侍を左大将が探し当ててからだった、とここでは考えたい。

・左大将の結婚話を悟った尚侍は、自ら身を引くことを決意した。ひとまず伝手を頼って宮中に身を隠した。その折に「それでも私は、左大将様とのご縁を悔いる事などありません」と詠歌した、との想定での創作。

・女君との由にて〜「由」は、縁故、縁、つて、ゆかり、事の次第、いきさつ等の意味。「にて」は、原因・理由の格助詞。「女君とのご縁のために」。

・通ひ初めたまひしを〜複合動詞「通ひ初む」の連用形「通ひ初め」＋尊敬の助動詞「たまふ」の連用形「たまひ」＋過去の助動詞「き」の連体形「し」＋接続助詞「を」（単純接続で、…と、…ところ）「通い初めなさいましたところ」。尊敬の助動詞があるので、主語は左近衛大将。

・さあるやうやうやう心得て、〜「さ」は副詞で、そう、そのように、その通りに。「あるやう」は連語の一つで、ありさま、状態、様子。この場合は、左大将が右大臣家に通っている事。「やうやう」は副詞で和文に用いる。辛うじて、やっと、やっとのことで、の意味。やうやくに同じ。「心得て」は、下二段動詞「心得《こころう》＝核心となる部分を把握、理解する」の連用形「心得《こころえ》」に、接続助詞「て」（順接の確定条件、…ので）が付いた形。「そのようないきさつを漸くのこと理解したので」。

・この身こそ隠るべけれとて～係助詞「こそ」の係り結びは、当然・意志・決意の助動詞「べし」の已然形「べけれ」。「とて」は連語「…と思って」で、直前までの発話「　」か、この場合のように心内語『　』に続く。「『この私こそは姿を隠してしまうのが良い』と考えて」。

・雲ゐにまゐりにて～雲ゐとは、この場合は雲居で、宮中の事。謙譲の四段動詞「まゐる」は、参内《さんだい》するの意で、「まゐり」は連用形。「にて」は、完了の助動詞「ぬ」の連用形「に」＋接続助詞「て」（状態、…の様子で）。この場合は、「宮中に参内したという様子で」。

・忍びなるやうにこそはべりけるに、～名詞「忍び」＋断定の助動詞「なり」の連体形「なる」＋名詞「やう」（様子、事情、わけ）＋断定の助動詞「なり」の連用形「に」＋強意の係助詞「こそ」＋丁寧の助動詞「はべり」の連用形「はべり」＋回想・伝聞の助動詞「けり」の連体形「ける」＋接続助詞「に（逆接の確定条件、…のに、けれども、）」というつながり。係り結びで「こそ…けれ」となるはずが、接続助詞「に」のために連体形「ける」になる。これを「結びの消滅」と言う。この場合は、「人目を避ける様子でこそございましたが（自分の気持ちとしては）」と続く気持ち。

・思ひ果てつる、～下二段「思ひ果つ（心に決めて愛し思い続ける）」の連用形「思ひ果て」＋完了の助動詞「つ」の連体形「つる」の連体形止め。この後に続いて「うち」「こころざし」等の体言を補い、考える。「左大将様を思い続けるこの気持ちは」。

・正に本意《ほい》なるべしとて～『本当に私がずっと思い続けた望みに違いない』と思って」。本意とは、かねてから心にある志や望みや目的の事。続く断定の助動詞「なり」が連体形「なる」なのは、次に続く意志・決意の助動詞「べし」がウ段音接続するため。

「とて」は発話や心内語等の引用連語で、「…といって、思って」の意味。なので、「とて」の前は、現代語訳のように、カギ括弧等をつけることができる。

❖涙目に　かかる契りの～「涙が目に掛かる」と「かかる（かくある、このような）契り」の掛詞。「涙目に」の「に」は場合や状況の格助詞「…において、…の場合に」。

❖行く末に～この先の未来に。※関連語で、「来《き》し方」は時間の過去、「来《こ》し方」は通った場所や方向と区別された。後に平安時代末期からは区別がなくなり、「来《き》し方」は和歌のみとなる。来《き》し方行く末。「に」は帰着点、結果の格助詞で「…に」。

❖悔いもやはする～「本動詞の連用形」＋係助詞「も、や、は」＋サ変補助動詞「す（…する）」の連体形「する」。これは、最初の本動詞（この場合、悔い）の意味をもう一度念押しで繰り返すという、補助動詞「す」が直前の本動詞を強調する用法である。この場合、「悔いる事をする、その事さえもがあるでしょうか、いいえ、悔いる事など決してありません」となり、

「やは」のために反語となる。

上二段「悔ゆ」の連用形「悔い」＋強調の係助詞「も」＋反語の係助詞「や」＋話題強調の係助詞「は」＋補助動詞「す」の連体形「する」。三つの係助詞の結びで、連体形「する」。

現今でも、「それなら見もする」とか「ここにはいやしない」等と使う。

④B

御匣殿《みくしげどの》の別当《べつたう》にさし取らせて来《こ》、とて言ひ遣るは、見あふぐ花橘《はなたちばな》に影をぞ思ひて詠める、

❖皐月待つ　花橘の　去年《こぞ》の香に　影こそ出づれ（影し出づるも）　心やは行く

現代語訳

「御匣殿の別当のお方に渡して来なさい」と言い、使いの者に託した歌は、見上げる橘の花にあなたの面影を抱いて詠んだ歌、

❖もう皐月になったのでしょうかと言って、橘の白い花の去年の香りを思い出しています。離れ離れとなっての今、月の光が沈み、あなたの面影が私の前から見えなくなっても、主従の誓いまでもがなくなる事はあるでしょうか、いいえ、そんなことはありません。

参考

・御匣殿の別当～内裏の貞観殿《じょうがんでん》の長官を勤める上臈女房《じょうろうにょうぼう》（じゃうらふにょうばう）。

❖花橘の実は本来秋のものだが、花は皐月五月に咲く。文月の章、⑦を参照。今の京都御所、紫《し》宸殿《しんでん》前庭の両脇には「右近の橘」と「左近の桜」が立ち並び、つとに有名。

❖平安時代には、橘は焚きしめの一つとして、それぞれ独自の香で重用されたという。本歌のように、懐かしい人や過ぎた日を思い起こさせる象徴として詠み込まれた。ここは恋慕ではなく、内裏における主従の情愛である。「かうて宮人は雅《みやび》をなむしたまひける」の一例として本書作者の創作。

❖影こそ出づれ～「影こそ出づれ（ども）」のように、「影」が強められる係助詞「こそ」の係り結びの法則の「出づれ」の後に「ども」が考えられる場合は、逆接の恒常的条件「（たとえ）…しても」の接続助詞「ども」が続く気持ち。「たとえこの月明かりが沈んで消えてしまっても」の意味。

「影し出づるも」としても同じ意味だが、この場合は係助詞ではなく、強意の副助詞「し」によって、「たとえこの月明かりが」と、直前の名詞「影」が強められ、末尾の接続助詞「も」の逆接の仮定条件「…しても」により、「たとえ消えても」の意味になる。

❖「こそ」「こそ」で、同音の響き合い。

❖心やは行く〜反語の係助詞で、「たとえ影が見えなくなっても、あなたへの私からの主従の誓いまでもがなくなるのでしょうか、いいえ、そんなことはありません」の意味。影は、「あなたの面影」と「月影＝明るい月の光、姿」を兼ねる。

⑤C

皐月、中の十日《とをか》の頃ほひ、濃く淡《あは》きなどやうのとりどりなる色ども、此方彼方《こなたかなた》にいみじう語らふ昼つ方になむはべる。

「そよ」と言ふ風まへ渡りて、あまたたび羽《は》振らなむ。

❖花溢《はふ》る　ほど来《こ》むと待ち　そよと言ふ　あまたの処《ところ》　風羽振らなむ

現代語訳

五月中頃のこと、濃いのや薄いのなどの様々な色があちらこちらで咲いて、そこかしこでお喋りしている、そんなお昼間の時でございます。

「そうよ（そよ）、私はここよ」と言うそよ風が、さっと前を横切って行くので、幾度も吹いてほしいと私は願うのです。

❖「初夏のお花々がいっぱいになる時季はもう直ぐそこよ」と待ち、「そうよ（そよ）、私はここよ」と、鳥が羽ばたくような風が、あちらこちらで吹いてほしいと私は願うのです。

参考

❖「はふる」は、溢ると羽振る、の掛詞。

❖羽振らなむ～終助詞「なむ」の「他に対する願望」の用法、この場合、未然形「羽振ら」に付いて文末に置く。

⑥A

皐月の花を「君をし見れば」と書きなしたるをご覧じて、「ただこの心どものゆかしかりつるぞ」と仰《おほ》せらるる御《おほん》あるやう思ひ出《い》でつつ詠める、

❖この心　どものゆかしと　仰せらるる　掛けて思はぬ　をりもはべらず

現代語訳

「皐月の花をし見れば」を「君（中宮定子様）をし見れば」と、私、清少納言が元歌を書き直したのを中宮定子様がご覧になりました。

「こうした機転の利いた、あなたのお心遣いをただ見たかったのですよ」と仰った、あの時の定子様のお姿を幾度も思い出し続けて詠んだ歌は、

❖「この心どものゆかし」と仰る、定子様の御姿は、私の心にしっかりと留め置いています。もういらっしゃらないこの今でも、思わない折は片時もございません。

参考

・『枕草子』第二十三段「清涼殿の丑寅《うしとら》の隅の」を鑑賞し、自分が清少納言だと仮定しての本書作者の創作。清少納言は三十六歌仙の実父、清原元輔《きよはらのもとすけ》の名を汚さぬように遠慮したため、この段でも詠歌はしていない。

・ゆかしかりつるぞ〜「ゆかしかり」までが形容詞「ゆかし」の連用形でひとまとまり。「つる」は完了の助動詞「つ」の連体形で、「…だことよ」の詠嘆用法。「ぞ」は言い切りでの強い断定の終助詞で、中宮定子の清少納言に対する深い親愛と尊敬の情が表れている。強い絆で結ばれた主従愛がここにも見られる。

・思ひ出でつつ詠める〜接続助詞「つつ」は、動作の反復や継続。何度も幾度も思い出し続けては、という清少納言の深く変わらない気持ちを表した。「思ひ出でて詠める」と比べると違いが分かる。

❖心ども〜機敏な心の働き、当座の機転、当意即妙の才。

❖仰せらるる〜「仰せらる」と五文字の終止形ではなく、六文字の連体形で字余りなのは「仰せらるる（のは、宮の御前《おんまえ》＝定子様）」と補うと理解できる。詞書きの「仰せらるる御あるやう」と同じ使い方。

❖掛けて思はぬ〜「掛けて…打消語」で「全然、少しも…ない」の意味。また、「掛けて」には、「心に留めて、忘れないようにして、心を向けて」の意味があり、掛詞とした。

❖をりもはべらず～時の間もなし（時の間もあらず）、と同じ。

⑦C

皐月、中の十日《とをか》の頃、いみじう下りし雨の又の日、雲返《かへ》る風いと強う吹きすさべど、日の華やかに射したるに、庭辺《にはわた》りここかしこにとりどりの花どもなど、あはれげにぞ開けたる。

また、昼つ方になり山の方《かた》に歩《あり》けば、目の当たりに広ごる田よりして遠《とほ》つ山まではるばると見え渡り、雲雀《ひばり》いと高う上がり、あまた度《たび》かしがましうさへぞ鳴きたる、殊《こと》にをかし。

❖おはしませ　日の華やかに　香《か》ぞ開く　山雲雀こそ　高う鳴きたれ

現代語訳

五月中旬、ひどく降った雨の翌日の事です。雲を吹き払うような風が強く吹き荒れるのですけれど、陽射しが美しくくっきりと照っている時分に、家の庭辺りのあちこちには様々な色のお花達がしみじみと可愛く咲いています。

一方でお昼過ぎになり、山の方を歩きますと、目の前に広がる田んぼを始めとして、遠い山々まで広々と見え続いています。そこに、雲雀がたいそう高く舞い上がり、幾度もまたやかましいまでに鳴き続けているのは、特に趣深く感じます。

❖さあいらっしゃい、陽射しが明るく美しく、薫る花が沢山開いて、あの山雲雀も高く舞い上がり囀《さえず》っていることですので。

参考

・『新古今和歌集』に多い三句切れで、流麗優美を目指した。

・殊に～形容動詞「殊なり」の連用形。特別、格別に素晴らしい、の意味。

❖山雲雀こそ　高う鳴きたれ～「こそ…たれ」は、係助詞「こそ」の係り結びの法則により、存続の助動詞「たり」が已然形「たれ」となる。係助詞「こそ」は、直前の語に対する強意や強調の意味で、この場合は「山雲雀」。「高う」は「高く」のウ音便。

⑧B

皐月来ぬれば、都には初音《はつね》待つらむものを、未《ま》だしきほどに、谷の方《かた》、時鳥《ほととぎす》かしがましく鳴きたり。

❖時鳥　薫る香《か》に染《そ》み　日暮らしに　待ちたるほどの　声を聞かばや

現代語訳

五月も来ましたので、京の都では時鳥の初鳴きを心待ちにしていると思います。が、まだ機が熟していない時で、こちらの谷の方でやかましいまでに囀っていることです。

❖山時鳥が五月の風色に染まり一日中鳴いています。都では人々が待ち続けている間、その声を聞きたいと、今は遠く眺めていることです。

参考

・皐月来ぬれば～「ぬれば」は、完了の助動詞「ぬ」の已然形「ぬれ」＋接続助詞「ば」で、順接の確定条件「…ので」。

・待つらむ～「らむ」は、見えない離れた所（ここでは都）の物や人について、「今頃…している
だろう」と現在の状態を推量する意味。この場合は、都から離れた西山や東山等での詠歌。

・未だしきほどに～「未だし」は、機が熟さない、まだその時期、時季に達しない。

❖薫る香に染み～四段自動詞「染む」で、色づく・染まるの意味。

❖待ちたる～「たる」は「…している」の意味。存続の助動詞「たり」の連体形。

⑨C

皐月、中つ方、前《さき》の世にも尊《たふと》き功徳《くどく》はべりやしにけむ。あな、いみじうめでた、世になく濃く、玉のやうなる御初花《おほんはつはな》なむ、からうして開《ひら》けさせたまへる。いと緩《ゆる》らかに見行《みそな》はすもはべらなむとて詠める、

❖清らなり　飽かぬ心地と　ゆるらかに　前の世にこそ　功徳ありしか

現代語訳

五月中頃に「このバラの前世に尊い行いがあったからなのでしょうか。あぁ、心より素晴らしい。この世にもないほどの濃く、そして上品な玉のような御初花が、漸くのこと、お開きなさいました。本当にごゆっくりとご覧になってほしいのでございます」と言って詠んだ歌は、

❖清らかで美しいこのミニバラで、ごゆっくりと、そしてずっと愛で飽きないまでの気持ちになってくださいね。バラの前世にこそ功徳があっての今この時なのですから。

参考

・はべりやしにけむ～丁寧の動詞「はべり」＋疑問の係助詞「や」＋サ変補助動詞「す」（…する）の連用形「し」＋完了と強意の助動詞「ぬ」の連用形「に」＋過去の原因推量の助動詞「けむ」の終止形。補助動詞「す」は、直前の本動詞を強調する用法である。皐月の章、③を参照。

「けむ」は、過去の事実推量だけではなく、過去の事柄についての原因や理由を推量する用法「どうして…したのだろう」、「～したのは、…だったからだろう」がある。本作がそれで、このような上品なバラが咲いたのは、バラの前世に尊い行いがあったからだろうの意味。話し手の主体的な考えや気持ちを表現する。本例のように、問いかけの「や」が推量の助動詞「む」

「らむ」「けむ」と用いられた場合は、確実性の高い内容を示す事が多い。この場合、良い意味での前世の宿縁、という人知を越えた仏教的運命観で、平安時代の人々の意識を今に表したエピソード。如月の章、⑩と水無月の章、①を参照。

・見行《みそな》はすもはべらなむ～見るの尊敬語「見行《みそな》はす」＋強調の係助詞「も」＋丁寧の動詞「はべり」の未然形「はべら」＋他に対する希望の終助詞「なむ」。

・初花～初々しい若い女性の意味にもなる。

・開けさせたまへる～花を擬人化し、御初花が主語。尊敬の助動詞「さす」の連用形「させ」＋尊敬の補助動詞「たまふ」の已然形「たまへ」で、二重敬語とした。天皇や皇后に対してのみ用いられた最高敬語で、ミニバラへ心よりの讃辞を表した。「る」は存続の助動詞「り」の連体形で、係助詞「なむ」の係り結びの法則による。

❖新古今調の三句切れ。

❖飽かぬ～連語「飽かず」の連体形用法。十分に満足して、飽きることがないほど素晴らしいと感じ入る様子を表す。飽きずにずっと。卯月の章、⑧と⑨その三参照。

❖功徳ありしか～「しか」は過去の助動詞「き」の已然形「しか」で第四句の係助詞「こそ」の係り結び。

水無月

六月

①B

などてさ詠みたまひけむ、水無月の水無瀬川《みなせがは》辺《わた》りの水無瀬宮《ぐう》に来たるに、さるべきにやありけむとて、返《かへ》しし、

❖契り置かぬ　思ひの外《ほか》の　人も訪《と》ふ　前《さき》の生《しょう》にぞ　宿世《すくせ》ありけむ

現代語訳

どうしてあの人はそのようにお詠みになったのだろうか。この水無月の水無瀬川近くの水無瀬の宮に足を運んでみたところ、「きっとそうなるはずの前世からの宿命などがあったためなのだろうか」と思い、お返しした歌は、

❖約束をしていないような、思いも掛けないような人が訪ねてくる事があると言います。それは、今に生まれ変わる前の生に、既にそうなるはずだという二人の運命があったためなのでしょう。

参考

・など て～連語で、などか、などかは、などてか、なに、なぞ、なぞや、の副詞と同じく、ある事が起きた理由や訳を問い掛ける。「疑問の語＋か…連体形」や「疑問の語＋連体形」と係り結びが成立する。つまり、初めの「けむ」は連体形。

・さ詠みたまひけむ～この場合の「けむ」は、疑問の副詞「などて」のために、過去の原因推量となり、「どうして…たのだろうか」となる。

・水無月の水無瀬川辺りの水無瀬宮～反復法で、同一または類似の語句での響きの繰り返しで、絵画的に余情や余韻を込める用法。漢詩や西洋詩の押韻《おういん》に相当する。水無月だからこその言い回し。水無瀬の宮とは、大阪府三島郡島本町にある今の水無瀬神宮で、近くを水無瀬川が流れる。本章、④参照。

・さるべきにやありけむ～「そうなるはずの前世からの因縁（宿縁、宿命）があったためなのだろうか」本歌の第四、五句に結びつく、平安時代のかな文学に見られる有名な慣用句。人は生まれ変わりをする。今ある状態は、生まれ変わる前の前世の出来事が必ず因果関係となっているという、平安仏教人生観の一つ。何か事が起きると、それは前世からのつながりで、そうなることが約束されていた宿命（宿世）だという気持ち。皐月の章、⑨を参照。

「けむ」は、過去の原因推量なので、「因縁があったためだろうか（きっとあったからだろう）」となり、「けむ」での問い掛けは、内容の確実性が高い場合が多い。

・返しし〜後の「し」は過去の助動詞「き」の連体形。「返しし（歌）」という意味のつながりを補い、考える。

❖思ひの外の人〜思い掛けない、思ってもみなかった意外な人。

❖宿世ありけむ〜この連体形「けむ」も過去の原因推量で「…だったからだろう、…のためだったのだろう」。連体形となっているのは、第四句の係助詞「ぞ」の係り結び。

②A

この水無月の中つ方、帝《みかど》みそかに花山寺《はなやまでら》におはしまして、御出家入道せさせたまへりしに、いとあさましきまで目を驚かして詠める、

❖群雲《むらくも》に　清《さや》けき光　失《う》せにしに　あはれにもなる　女御《にょうご》の御手《おんて》

帝、晴明《せいめい》が家《いへ》のまへを渡らせたまひしに詠みし、

❖晴明が　家に聞こゆる　式神《しきがみ》の　帝降《お》りたる　あはれとぞ聞く

現代語訳

この六月の中頃、第六十五代花山《かざん》天皇様が人目を忍んで御出家先の花山寺にお越しあそばし、御出家あそばしてしまった。そこで、何とも申し上げようのないほど、私が嘆かわしく思い、目を見張って詠んだ歌、

❖月の光が群雲にかき消されて辺りは暗くなり、人目を避けての御出家の好機となった。が、この時、花山天皇様は深く愛した弘徽殿《こきでん》の女御《にょうご》の御文《おんふみ》を思い出しあそばして、また藤壺《ふぢつぼ》御殿へお取りにお戻りあそばしたのだ。この女御忯子《しし》が「この策謀に引っかかってはいけない」と敢えて諭したのだろうか。女御の御筆跡が何とも愛しくもしみじみと、それは悲しく思われることだ。

花山天皇様が、陰陽師《おんみょうじ》である安倍晴明《あべのせいめい》の邸宅前をお渡りあそばす時に、側で見ていた私が詠んだ事には、

❖この時、陰陽師の安倍晴明の家から聞こえてきたものがある。それは、晴明の使う精霊が「花山天皇はご退位あそばしなさった」と答えた声で、何ともいえず気の毒だとの思いで、私は耳にしたことだ。

参考

・平安後期の『大鏡』（作者不詳）を鑑賞しての、本書作者の創作。藤原兼家・道兼父子は、兼家の娘詮子《せんし》の子を即位させる政治的野望のため、花山天皇を花山寺に誘い出して出家させた。

❖晴明が家～陰陽道の大家、安倍晴明。式神＝精霊を使い、天文を介して事変を読み解いたとされる。野村萬斎主演の映画「陰陽師」でも話題になった。「が」は連体修飾語を作る格助詞で、「…の」の意味。現今でも、我が国、等と使う。陰陽師は、古語では「おんやうじ」と書く。

❖さやけき光～形容詞「さやけし」の連体形。この場合は、月光がはっきりしていて眩しいほど明るい。

❖失せにしに～二つ目の「に」は、逆接の確定条件「…のに、だけれども」の接続助詞で、「群雲で暗くなり御出家の好機となったのだが」の意味。接続は、過去の助動詞「き」の連体形「し」から分かるように、活用語の連体形に付く。

❖御手～お手紙に書かれている筆跡。

❖十九歳の若き天皇は、涙のうちに剃髪《ていはつ》して出家、直後にその謀《はかりごと》に気付いたのだが、時既に遅しだった。本歌は、二つ共に区切れなし。

❖明るい月に雲が差して辺りが暗くなり、人目を避けてのいよいよ御出家というその時、他界した女御忯子のお手紙を手にお持ちでないのを天皇はお思い出しになり、一旦藤壺御殿にお戻りになった。この政略策謀に引っかかってはいけないと、天国の女御が天皇を思うあまり、敢えて諭したのだろうか、と本書作者は考えた。現場にいたとされる『大鏡』の不詳作者の立場での創作。

③C

水無月晦方《つごもりがた》になりて、雨の脚去りし天《あめ》を打ち眺めつつ、ふと、

❖いつしかと　雲の消ゆるを　待ち侘《わ》びて　なほ晴れまほし　うらめしき今

現代語訳

六月終わりの頃になり、雨脚が去っていった空を眺め遣りながら、ふと思った事は、

❖早く晴れ間が出て来るように、この雲が消えてくれないかなぁと待ち続けて、とうとう待ちくたびれてしまいましたけれど、それでもなお晴れてほしいと思う、この恨めしい今の時です。

参考

・雨と天は、同音異義語。雨、脚と天で、同一音の繰り返しで響き合う効果。

❖いつしか〜「いつしか…まほし（願望）」の形で、「早く、早速…したい、してほしい」の意味。

❖「晴る」は下二段自動詞。

④A

そは水無月初めつ方のをり、例の花求めむとて、をみな車出《い》だせば、近衛《このゑ》大路《おほち》より罷《まか》り帰《かへ》る道すがら、いと小さやかなる御《おん》花ども、異《け》しうはおはせずこそ開《ひら》けつれ。かの故媛御前《ひめごぜ》のかく成らせたまへるなり。

さても、故媛御前の今のまさかおはします御代《みよ》ならましかば、かやうなる文《ふみ》いかに思《おぼ》し召さましと、いとあはれにぞ覚えて詠める、

❖契り置きし　ここに逢はむと　待ち渡る　御気色《みけしき》はべる　とく見遣《みお》せよ

現代語訳

それは六月初めの事、「いつもの日課でお花探しをしましょう」と言い、女房車を出しました。すると、近衛大路の通りから帰って参ります道筋に、たいそう小さげな花々がなにか良い感じで咲いていました。あの媛御前がこのようにお生まれ変わりあそばしたのです。

「まあ本当に、媛御前様がこの今にいらっしゃる時代であったとしたならば、このような書き付けをどのようにお思いになるでしょう」と、しみじみと深く思わずにはいられません、として詠んだのは、

❖昨年の同じ時に約束をしたのは、お花であるあなたにまた会いましょうと、ずっと待ち続ける事でした。そしたらこの今、咲いている私を早く見つけてくださいねって、あなたからのご様子とお声が聞こえたのでございます。

参考

・『更級日記』の鑑賞から着想しての本書作者の創作。「いと小さやかなる御花ども」に生まれ変わった媛御前とは、平安時代の書家で三蹟の一人＝藤原行成、の三女（十五歳）。そして、「かやうなる文…」により、媛御前が父に似て書の名人であった歴史的事実も表した。人が別の人に、また人が花やその他の生き物に生まれ変わる、更にその逆、という考え方は、宿縁によっ

て定められるという平安時代の仏教人生観で、本作のように当時の物語には数多く書かれた。なお、媛御前には、「せたまふ」「おはします」「思し召す」の高い敬語を用いた。

・例の～この場合は副詞句で用言を修飾する連語。ある動作が習慣や日課、通例になっている事で、「いつものように、例によって、…する」の意味。この場合「例の花」ではなく、「例の＋用言」の形で、「求めむ」に掛かる連用修飾語。また、「例の＋体言」で「お決まりの…、いつものような…」という連体修飾語用法もある。

・罷り帰る～帰り参る。「罷り（「行く」の謙譲語＝参る）＋動詞（帰る、通ふ等）」の形で、かしこまりとへりくだりの謙譲語表現の一つ。つまり、自分の「罷り帰る＝帰り参る、罷り通ふ＝通い参る」動作を読み手や聞き手に対してへりくだり、「帰って参ります、通って参ります」等と表す謙譲語である。

・けしうはおはせず↓異《け》しうは非《あら》ず～容姿や能力、気分等の釣り合いが悪くはない、むしろ、好ましくて褒め称えるに値する様子を表す。ここでは、媛御前＝御花への心からの褒め言葉である。

これは「異《け》し（異様で、見るからにとても馴染めない）」を「非ず」と単に打ち消すだけでなく、かなり相当な良いものと積極的に肯定する褒め言葉の意味合いが強い表現である。「悪くはない、劣ってはいない、不自然でない、構わない」等の意味。本作のように、「おはせず」と敬語表現に置き換える場合が、『源氏物語』など平安時代にはあった。他に、「けしうははべらず」「けしうはさうらはず（さぶらはず、のウ音便）」の丁寧語や敬語の形もある。
※なお、似た感じの「異しからず」は、打消語「ず」があるが、「異し」を否定しない。「異しからず」は、異様で道理に外れるという「異し」の強調、強意語となり、「異しうは非ず」とは真逆となる。つまり、「異しからず」の意味は、異様だ、怪しい、奇怪だ、道理から外れる、尋常でない、となるので注意する。
これは現代語の「怪《け》しからん（ぬ）振る舞い、言い草」等にそのまま残っている。その一方、本作の「異しうは非ず」等の褒め言葉の用法は、中世以降、残念ながら消滅してしまった。
・また、本歌にある「気色《けしき》」は意味上の関連はないが、「けし」の音そのものは同一音の反復法となる。漢詩や西洋詩の押韻に相当。本章、①参照。
・Aましかば、Bまし～和歌でテーマとなる願望や後悔を表す反実仮想の修辞法。「もしも今Aだったら、Bだろうに」のように、事実に反する事を仮定して推し量る気持ち。反実仮想の推量の助動詞「まし」の未然形には、「Aましかば（Aませば、Aせば）、Bまし」と三つのタイプがある。四語、三語、二語と字数を選べるため、和歌では重宝する。「まし」は正に和歌のための助動詞とも言える。他に「まし」を使わない「Aば、Bまし」の用法もある。
・いとあはれにぞ覚えて詠める～「いと」は形容詞や形容動詞、副詞に付くので、そのまま「あはれ」に係る。係助詞「ぞ」の係り結びの連体形「覚ゆる」は、接続助詞「て」に続いたために「覚えて」と連用形になり、係り結びが消滅している。続く「詠める」は係り結びではなく、

「詠める（歌）」の意味で、体言を補う。

・かやうなる文～本作の詞書きと歌を全て含んで、の意味。

・さても～感動詞で、本当に、まあ。

❖ここ～二人称の尊敬語の「あなた様」で、いと小さやかなる御花どもの事。

❖見遣せよ～下二段他動詞「見遣す＝離れた所からこちらを見る」の命令形で、主語は御花ども。「こちらにいますから、私を見つけてくださいね」で、擬人化の用法である。末尾の「よ」は、「少納言よ」等の呼びかけや、「言へよ」等の命令強調の間投助詞ではない。下二段活用なので「見遣せよ」そのものが一語の活用形で、命令形となる。現代語のように、「見遣せ」が命令形ではないので注意。

❖御気色はべる～こんな風に咲いて、ほら、こちらにございますよと、「御花ども」が本書作者に呼び掛ける言葉である。気色とは、視覚によってとらえられる人や自然、物の様子。表情、態度、有り様、趣、景色、兆し等で、ここでは花の様子や表情、趣、咲き匂い具合といったところ。「御《み》」と付くのは、御花どもへの尊敬の念。御心や、本作の詞書きの御代と同じ。

⑤B

今日《けふ》は例ならぬさまにて、いと心掛《か》くる思ひのみとは無ければど、ただにもあらで、わりなく覚ゆれば聞こゆ。

❖兄《せ》の君の　衣《きぬ》こそ片時　吾《あ》が袖の　乾く間もなし　懸けて忘れじ

現代語訳

今日はいつもとは違う気分で、たいそう思いを募らせる気持ちばかりというのではないのですけれど、ただやはり心が騒いで、耐えがたくも思われました。それで、使者を通して申し上げさせました。

❖私の袖の柵《しがらみ》は、涙で乾く間もありませんけれど、それ以上に、あなたの衣《きぬ》ごろもの温もりこそは、心に留めて片時も忘れる間はありません。

参考

・心掛く～下二段他動詞で、思いを掛ける、恋慕する。

・袖の柵＝涙を拭い止める柵《さく》の例え。

・ただにもあらで～形容動詞「ただなり」で、「常《ただ》なり」。つまり、いつもと同じ、変わったところがない、普通で平気である、の意味。その連用形「ただに」に、打消語「もあらで＝でもなくて」が付いているので、「私の気持ちはとても尋常ではない、平静ではなく、心が騒いで仕方がない」という意味。それで、恋慕の男性へ使いの者から贈答歌を手渡した。この「ただにもあらで」は「ただにあらず」の「にあ」が「な」と縮まった変化形として「ただならず↓ただならぬ」として現今にも残る。「ただならぬ気配、様子、事態」等と広く使われる。

・聞こゆ～「言ふ」の謙譲語である本動詞「聞こゆ」で、「…を申し上げる」。

・兄の君＝女子から男子に向けての敬愛の尊称。

❖「兄の君の　衣こそ片時」↓「懸けて（掛けて）忘れじ」と言う意味のつながり。つまり、第三、四句の「あが袖の　乾く間もなし」は挿入句。

❖かけて（掛けて、懸けて）＝衣を掛けて、心に懸けての両意で掛詞。「かけて」は、本作のように、きぬやころも等の衣類の言葉を序詞のように用いて「衣類等を部屋に掛ける」の意味と、心に留めて、心を向けて忘れないようにするの「心に懸けて」の意味とを兼ねる掛詞。平安時代和歌技法の一つを用いた。

❖また、「吾が袖」と「兄の君の衣」は照応関係にあり、響き合う効果。

⑥C

新《あら》たしき御世《みよ》の夏の初めつ方、今一度《ひとたび》覚えて詠める、

❖天の門《と》の　返《かへ》りぬ令和の　豊かさに　胸開《あ》くるばかり　したててみむと

げに、さ思《おぼ》すなるやう同じ御心《み》なるも、いとをかしうて詠める返《かへ》し、

❖我が身より　かしづきたてて　生《お》ほし立て　良き世の御代《みよ》に　のちの世までも

現代語訳

新しい令和という時代の初夏、その初めの頃を今一度思い出して詠んだのは、

❖仰ぎ見る大空の、令和の年の改まりの満ち足りた気分に、気持ちが清々するほど理想的な時代にしたいと心に強く願います。

本当にその通りと、そうお思いになる理由が私と同じお気持ちであるのも、たいそう興味深いことと感じたお返事として、

❖この令和の時代を、自分の身よりもまるで娘のように大切に思って育て上げ、良い世の中の時代としてこの先も続き、後々の世までもそうあるように努めていきたいものです。

参考

❖気が合う者同士の贈答歌のやりとりとして、本書作者の創作。

❖「天の戸」は、①天の岩屋の戸、②棚機《たなばた》の天の川の水門、③天上の通路、即ち大空、という意味があるが、ここでは③。

❖胸開く〜心が晴れやかになる。気持ちが清清する。

❖したてでみむと↓したつ〜理想的に育て上げる、立派に養育する。

❖かしづく〜身の周りの世話をする、大切に育てる。

❖生ほし立つ〜養い育てる。育て上げる。

⑦B

去年《こぞ》の度《たび》、水無月十三夜《じふさんや》の頃ほひ、さべき人と打ち語らふに、古典《いにしへぶみ》なる在五《ざいご》中将《ちゆうじよう》、かつは古今《こきん》が雅《みやび》もしたまふなめり。返《かへ》し、

❖なほ恋《こひ》しく　思ひ廻《めぐ》らす　兄《せ》の君の　心ばせいと　頼もしげなり

現代語訳

昨年のこと、六月十三夜の月の折、雅《みやび》や情趣を解するしかるべきそれ相当なお方とお話ししていますと、古典である伊勢物語や古今集などの風流もご存じのご様子です。私の返歌は、

❖何といってもやはり、この私があなたを慕わしく感じる、そして、あなたが私の様子をあれこれとお思い巡らしなさる、そんなあなたのお心遣いこそは信頼できると私は思います。

参考

・さべき～連体詞、連語で、「それ相応の、それに相応しい、立派でそれ相当である」の意味。

この場合は、和歌を贈答する等の風雅な振る舞いと、更にその後に述べる、古今が雅に長けた風流を解する人である。元の形は「さるべき」。この撥音便《はつおんびん》の形を「さんべき」と言い、「ん」を表記しない形が「さべき」だが、読みは「さんべき」となる。

・打ち語らふ～話し合い語り合う、人として親しく付き合う。

・古典なる…～古典の書物や作品。「なる」は名詞「在五中将」に続くので、断定の助動詞「なり」の連体形。

・在五中将～平安前期の歌人、在原業平《ありわらのなりひら》の異称。六歌仙、三十六歌仙の一人で、業平を登場人物として綴られたのが『伊勢物語』とされる。

・古今が雅をしたまふなめり～「が」は格助詞で「…の」の意味、所属などを示す連体修飾格。なめりは、元の「なるめり」が、撥音便で「なんめり」となり、更に「ん」を表記しない「なめり」となった形。「なんめり」と読む。断定の助動詞「なり」の連体形「なる」＋視覚推定の助動詞「めり」の終止形。この場合は、風流をご存じであるようだ、そのように見える、の意味。

❖なほ恋《こひ》しく　思ひ廻《めぐ》らす　兄《せ》の君～この初句と第二句は並列対等の関係にあり、それぞれが、第三句の「兄の君」に掛かる連体修飾語。例えば、古語の「小《ちひ》さく美しき花」で、小さくと美しきが共に対等の関係で花を修飾しているのと同じ。「小さき美しき花」と、連体形「小さき」にしても意味は通じる。が、最初の連体修飾語は「小さく」の連用形で、この連用形が次の用言である「美しき」に接続し、更に連体形「美しき」が体言の花に掛かるという流れが文法的には正しい。つまり、「小さき」は用言である「美しき」に掛かるために「小さく」と連用形になる。

まとめると「小さき花で、美しき花」を縮めた形が「小さく美しき花」である。同じように、「恋しき兄の君で、思ひ廻らす兄の君」を縮めた形が、本歌のように「恋しく思ひ廻らす兄の君」となる。文月の章、④を参照。

❖心ばせ～気立て、性質、心遣い、配慮、日常の心がけ、嗜《たしな》み、また風流を解する心。この場合は主に風流を解する心だが、一般的には、ここに挙げたその他の意味でも使える。

⑧B

こちよりては、なにとなくはつかに紛らはしきに、さらに硯《すずり》に向かふ事も途絶ゆるほどにて、吾《あれ》か人かのさまに心も成り果てぬるに、打ち驚きたれば、立待月《たちまちづき》の東《ひんがし》山の端《は》高う出でにけり。

❖書きさして　遣《や》り戸を押し開け　見出《みいだ》せば　覚えず艶《えん》なる　東天《ひんがしあま》の海《み》

現代語訳

最近になってからというもの、何がどうということもなく、ちょっとあれこれに紛れて慌ただしく過ごしていました時に、加えて、硯に向かい筆をとる事もなくなりました。そのため、あっけにとられ、我を忘れて唖然とした時、ハッと我に返り気が付くと、十七夜の月が、東の山の稜線から高く出ているのでした。

❖歌詠みを途中で書き止めて、引き戸を押し開き、家の中から外に目を遣ると、東の空には、思いも掛けず艶やかで美しく、優美な様のお月様の空を眺めたことです。

参考

・こちよりては～最近になっては。
・はつかに～形容動詞「はつかなり」の連用形。ほんのちょっと、少し。
・紛らはしきに～形容詞「紛らはし」は、気持ちが上の空である、雑事に取り紛れて慌ただしい、の意味。「に」は順接の確定条件、「…ので、…だから」を示す接続助詞。

・さらに〜その上に重ねて。
・途絶ゆる程にて〜「にて」は、原因や理由を示す格助詞。「…によって、…のために」。筆が途絶えるようになったために。
・程〜様子、ありさま。続く「さま」と同じ。
・吾か人かのさま〜自分なのか、他人なのかその区別が付かない、茫然自失の気分。同じ意味で「吾か人かの気色」や、連用修飾語としては「吾かにもあらず」が使われた。文月の章、③参照。
・果てぬるに〜下二段動詞「果つ」の連用形「果て」＋完了の助動詞「ぬ」の連体形「ぬる」＋格助詞「に」。「に」は、時を示し「…の時に」の意味で、果てぬる（ほど）に、という感じ。
・打ち驚きたれば〜四段動詞「打ち驚く」、この場合、ハッと我に返って気が付くと、の意味で、古今異義語の一つ。「打ち」は接頭語で、ほんのちょっとの意味と語調整え。「ば」は接続助詞で「…すると、…したところ」の単純接続。
・立待月〜旧暦十七日の夜の月で十七夜ともいう。
・出でにけり〜「出づ」の連用形「出で」＋完了の助動詞「ぬ」の連用形「に」＋過去の助動詞「けり」の終止形で、「けり」は詠嘆用法。過去の事実に初めて気が付いた驚きや詠嘆を表し、「…だったのだなぁ、…だったよ」の意味。
❖書きさす〜書き＋接尾語「さす」。書きかけてやめる。サ行四段で動詞化する。

❖遣り戸～引き戸。

❖見出す～部屋の中など内から外を見る。逆は「見入る」で、男性貴族が外から透垣《すいがい》等を通して邸宅に居る女性貴族を垣間見る平安時代の慣習の事。

❖見出せば～接続助詞「ば」は、已然形接続で、この場合は「…したところ」の単純接続。引き戸を開けたところ、思いも掛けぬ感じで十七夜の月を目にした、の意味。

❖覚えず～連語で、思いがけず。

❖艶なり～形容動詞「艶なり」は、優美、艶やかで美しい情趣がある。

❖天の海～天を海に例えた言葉。「天の原」と同じ。

文月

七月

①C

彦星と棚機つ女《たなばため》、又の年こそ会はめと契り置きたまひし。その返《かへ》る年の文月、おほきなる川面《かはづら》のどやかなりて、かかるをりそこらのかささぎあらはれぬ。さてまた雨覆《あまおほ》ひが羽根あまた広げたり。諸共《もろとも》に会はむと、橋やうのものにみないたまひつつ、渡りたまへり。

年ごろ思ひ寄りたまへるやう、からうしてかなひぬ。かの七夕によそへて、二人して詠みたまへる、

❖打ち眺め　今日数《けふ》ふれば　一年《ひととせ》に　今日を頼みて　もの思《も》はざりけり

現代語訳

彦星と棚機姫は、次の年も会いましょうと約束を交わしなさいました。その翌年の七月、大きな川のほとりは長閑《のどか》な佇まいで、このような時に、沢山のカササギが現れました。そして、雨覆い羽根を無数に広げました。二人は一緒になって会おうとし、橋のようなものに見なしなさって、お渡りなさいました。

長い間、思いを掛けてお互いに近寄ろうとなさり、漸くのことで、そのお望みは叶ったのです。その棚機伝説に因んで、お二人でお詠みなさった歌は、

❖今日までの日々をそれぞれが振り返って、指折り数えてみますと、この一年、今日のこの日を心当てにし続けたので、物思い等は何もしなかったことです。

参考

・契り置く～（大切な人と）約束をして置く。約束がその通りになる、ならないを主題として、平安時代では、「契り置く」が和歌に多く詠まれた。弥生の章、⑧、水無月の章、①と④、長月の章、⑦、神無月の章、①を参照。また、百人一首「あはれ今年の秋も往ぬめり」もその一つ。

・そこら～副詞で、古今異義語の一つ。「沢山、多く」でおびただしい数や甚だしい程度を指す。

・みないたまひつつ～みなしたまひつつ、のイ音便。

・年ごろ～副詞で、古今異義語の一つ。数年間、数年来、長年の間。

・からうして～からくして、のイ音便。やっと、漸くのこと、辛うじて。

・よそへて～「よそふ」は、なぞらえる、因む、関係づける、引き比べる。

・たまへり、たまへる～完了と存続の助動詞「り」の終止形「り」と、同連体形「る」。この助

動詞「り」は、サ変動詞「す」の未然形「せ」と四段動詞の已然形にしか付かない。言い換えると、エ段音にしか接続しない。この制約のため、同じ意味の助動詞「たり」に取って代わられる事になる。

尊敬の補助動詞「たまふ」は四段動詞なので、この詞書きでは、「たまふ」の已然形「たまへ」＋「り」となる。平安時代では、「たまふ」は「り」とセットになり、「たまへり」「たまへる」「たまへれば」「たまへらず」が用いられた。「たまひたり」などは滅多になかった。

❖打ち眺め〜「眺む」は、①物思いに耽りぼんやり見遣る、②物思いをして過ごす、③眺め渡す、のように、古語では心の動きに重きがある。ここでは、②の意味。

❖頼みて〜四段動詞「頼む」は、信頼して当てにする、期待する、の意味。

②B

たとひ其《そ》の上《かみ》、ほど移り、星どもいみじう白う煌煌《きらきら》し、人々そこら物したまひ、
事去り、楽しび悲しび行き交《か》ふとも、
❖おのがじし　今の世千々《ちぢ》に　古《いにしへ》の　悉《ことごと》忘らる　べうもあらずと

など書きて返《かへ》し聞こゆ。

現代語訳

たとえ、過去の出来事が行き過ぎ、星々が目映《まばゆ》く白く煌めいて、人々が沢山生まれ出、また全てが過去の事となり、そして、悲喜こもごもが去ってはまたやって来て、年月が経ったとしても、

❖それぞれの方々が今の世のあれやこれやに加えて、遠い昔の過去の事を全てお忘れになる事はできそうもないでしょう。過ぎた事は、今と未来に反映されるのですから。

等と書いてお返事（し）申し上げた。

参考

・たとひ…とも～「たとひ」は副詞で「もし…ならば、」と「たとえ…したとしても」の両意がある。接続助詞で、逆接の仮定条件「とも（ども）」と合わせた時も、「仮に…したとしても、たとえ…しても」の意味になる。

・其の上～当時、昔、過去。『宇津保物語』（俊蔭）「―とらへて酔はして」、『源氏物語』（紅梅）「―盛りなりし世に」

・物したまひ～「物す」は、ある、行く、来る、生まれる、（婉曲的にぼかして）何かをする、（ものしたまふ、として）…でいらっしゃる、と動作や存在を婉曲に表す。この場合は、生まれる。

・事去り～物事が過ぎ去る。物事が過去の事となる。『徒然草』「時移り――り」

❖おのがじし～それぞれ、銘銘に。

❖忘らる～「忘らる」は、「忘る」の未然形「忘ら」に、尊敬の助動詞「る」の終止形「る」が付いた形。世の中の人々への敬意。次項③の「忘らる」との異同を比較。

❖べうもあらずと～べくもあらずと、のウ音便。「べく」は、当然や可能の推量の助動詞「べし」の連用形。その可能の意味が「あらず（そうではない）」と否定されているので、「…する事はできそうもない」の意味。平安時代では、「べし」は殆どの場合、下に打消の助動詞などを伴って「できない」の意味に使われた。一方で「人の知るべく（知る事ができるように）」のような例もあった。

③B

かうてさらに今更めくは、人の心己《おの》が様様《さまざま》、憂き世にはうたてありてなむとて、

歌の心ばへ詠みたまへり。又の返《かへ》し、

❖振り延《は》へて　心のほどを　賜はりぬ　木暗《こぐら》き山の　梢《こずゑ》を分けて

うつし心をば引きかへ、外《ほか》に比ぶる物なくめづらしき心地し、かつは吾《あれ》かの気色《けしき》にもあらず。なほ独りごちて、

❖思ひ侘《わ》び　かかる心を　ひきたがへ　分けて問はすは　万《よろ》づ忘らる

現代語訳

このようにしていて、その上改めて言うのもなんですが、「それぞれのお気持ちは、今の世の中に対して嘆かわしく、気乗りしないという事だ」と仰り、歌の趣をお詠みなさっていました。別の返歌として、

❖薄暗いこの山の木々の梢を掻き分けるように、わざわざ問い掛けてくださる美しい情愛のお気持ちをあなたから頂きました、嬉しいことです。

いつもの塞ぐ気持ちがすっかり変わり、他に例えようもない嬉しい気持ちがして、一方では、自分なのか他人なのか分からない夢見心地です。更に一人つぶやいた事は、

❖わざわざ問いかけてお見舞いくださる事には、思い悩んでのこれまでのような辛い気持ちとは打って変わって、全ての憂さを自然と忘れる事ができます。

参考

・かうて～「かくて」のウ音便。「かやうに」と同じ。

・今更めくは～四段動詞「今更めく」で、係助詞「は」に続くので、ここは連体形。改めて言うのも気が引けるくらい自明な事は、今更言うまでもない事としては、の意味。

・己が様様～それぞれ、銘銘に、別々に。

・うたてありてなむ～連語「うたてあり」は、嘆かわしい、情けない、嫌だ。「うたて」だけだと、副詞で「特にひどく、不快で嫌な事に、気味悪く異様で」等の意味。「て」は、直前の「うたてあり」を受ける状態の接続助詞で、「…の状態で、…の様子で、…のままで」。ここでは、「全く嘆かわしく嫌な世の中だと感じるわね」の意味。強意強調の係助詞「なむ」の後には、係り結びの法則による連体形「ある」「はべる」等を補って考える。

・心ばへ～気立て、心遣い、気配り、風情や趣。ここでは、「歌の」とあるので、和歌の趣や風情をお詠みくださった、の意味。

❖振り延ふ～わざわざ、殊更に…する。第一首の「分けて（問ふ）」、第二首の「分けて問はす」と同じ意味。

❖木暗き山の　梢を分けて～「木暗き山の梢」は比喩《ひゆ》の修辞法。うっそうとして暗い山の中にある木々の梢のように、憂き事ばかりの辛い世の中に生きている自分の心、の意味。山は世の中、梢は人の心の例えは、本書作者のオリジナル。平安時代の雅《みやび》の趣として創作。

・うつし心～しっかりした気持ちや平常心。が、この場合は、憂き世なので、それに合わせた、沈んで悲しい気持ち。

・引きかへ～副詞で、打って変わって。第二首第三句の「ひきたがへ」は同義の動詞で、すっかり変える。

・吾かの気色にもあらず＝吾か人か（の気色）にもあらず～連語で、自分か他人かどちらの気分か分からない。この場合は、普段は感じる事のない夢見心地の様子として、茫然自失の気分。積極的な良い意味で使っている。水無月の章、⑧を参照。

❖思ひ侘ぶ～思い悩んで、悲しく思う。侘ぶ＝がっかりして困る、気力が失せて…しにくい。

❖忘らる～「忘らる」は、「忘る」の未然形「忘ら」に、自発の助動詞「る」の終止形「る」が付いた形。前項②の「忘らる」との異同を比較。

④B

さるべきゆゑはべりて、しばし歌詠みとどむるつれづれなるをり、あはれなり情け情けしき人より言《こと》賜はりて、打ち語らへるままに、いざ訪《と》はむとのたまひておはしましたり。

❖今はただ　歌夢ばかりと　眺むるに　ゑみ栄ゆるは　君の誘《いざな》ふ

御返《おんかへ》り事に、

❖浅緑　糸も一つに　撚《よ》り結び　諸共《もろとも》に寄る　歌ゑみのえん（縁、艶）

現代語訳

あるそれ相応の次第がございまして、暫くの間、歌詠みしないでいる間の手持ち無沙汰な時の事です。情愛細やかで思いやりの深いお方からお話を頂いて、親しく語り合うのにつれて、さぁ、それならお伺いしましょうと仰って、こちらにお越しになりました。

❖今はただもう、歌はちょっとだけ（＝夢ばかり）にしまして、ぼんやりと物思いをしていましたところ、そんな私が満面の笑みを頂きましたのは、貴女が歌詠みをお誘いくださったからです。

頂いた返歌は、

❖淡い緑色をまとった二つの心の糸を撚り合わせて結ぶようにしますと、またご一緒に過ごす事ができました。和歌の優雅な美しさを通じての歌笑みのご縁です。

参考

・この贈答歌のやりとりは、本書作者の創作。

・あはれなり情け情けしき人〜「小さき花で、美しき花」を縮めた形が「小さく美しき花」である。同じように、この場合「あはれなる人で、情け情けしき人」を縮めた形は、「あはれなる」は形容詞「情け情けし」につながるために連用形「あはれなり」となるので、「あはれなり情け情けしき人」となる。水無月の章、⑦を参照。

❖夢ばかり〜副詞で「極めて少し」の意味。歌詠みはほんの少しにして、という気持ち。

❖眺むるに〜下二段動詞「眺む」は、「物思いをしながらぼんやりと見る、物思いに耽《ふけ》る」。ここは単純接続「…したところ」の接続助詞「に」とのつながりで連体形「眺むる」。「物思いしていたところ、あなたが…」の意味。

❖ゑみ栄ゆ〜満面に笑顔を浮かべる。第一首第四句で、連体形「栄ゆる」となるのは、これが準体言になっていて、下に名詞「ゆゑ、由《よし》（＝理由、ゆかり、事の次第、いきさつ）」等を補うスタイルだから。つまり、「ゑみ栄ゆるゆゑ（由）は、君のいざなふ」の意味。

❖「浅緑」は糸に係る枕詞。❖「撚る」は「糸」の縁語。❖「撚る」と「寄る」は掛詞。

❖歌ゑみのえん～「縁」と「艶」は、掛詞で同音異義語。右の現代語訳は、これら縁と艶の両意を含めている。また、「縁」と書く「えに」「えにし」「えん」は、異音同義語。

❖「艶《えん》」～和歌用語。優雅さや艶やかさ、余情の深さのある美しさを表す、鎌倉時代初期の文学美についての理念の一つ。本作の返歌の現代語訳では、「和歌の優雅な美しさ」と表している部分が、この「艶」に相当する。

平安後期から鎌倉初期にかけての公卿《くぎょう》で歌人、『千載和歌集《せんざいわかしゅう》』の選者が藤原俊成《ふじわらのしゅんぜい》である。彼は、本書の前書きに詞書きの例として掲げた、紀貫之《きのつらゆき》の「しづくに濁る山の井の」の和歌について、「艶」を表す秀歌の例として高く評価している。俊成は、建久末年頃の『慈鎮和尚自歌合《じちんおしょうじかあわせ》』で、「……なにとなく艶にも幽玄《ゆうげん》にもきこゆる事あるなるべし。……むすぶ手のしづくににごるなどいへる、なにとなくめでたくきこゆるなり」と記している。これは、俊成の和歌観を端的に示す文章として現代で評価されている。

また、『民部卿経房家歌合《みんぶきょうつねふさけうたあわせ》（建久六年、一一九五年）』でも、紀貫之の「しづく」の歌は、「艶にもをかしくもきこゆる姿なるべし」の例歌として高く批評されている。この吉田経房とは、平安後期から鎌倉初期にかけての公卿《くぎょう》で、『新古今和歌集』への過渡期と評価される建久六年の大規模な歌合を催した。

・因みに、右の紀貫之の歌意は、次の通り。「この山寺の石井の水を手で掬《すく》って飲もうとするが、手から滴る水が濁って十分に満足するようには飲めない。そして、あなたとは心ゆくまで満足する話をしないままの物足りない気持ちで、ここで別れてしまうことだ」。
紀貫之の詞書きが、別れてしまう相手を「物いひける人」と女性と限定せず、一般的表現に留めている事と、『古今集』の部立《ぶだて》は「離別」であり「恋」ではない事から、別れてしまう相手が女性であるとは限らない。
・なお、右の自歌合の引用で、俊成が掲げるもう一つの理念「幽玄」とは、奥深く優雅な味わいの事。日本文学の美の理念の一つとして、中世から現代まで受け継がれている。彼は、和歌の理想の美を微妙で奥深く余情に満ち、そしてしんみりした美、静寂の余情美と考えた。
貫之の歌について言えば、「掬う井の水も別れてしまう相手との話も、共に物足りないままで終わってしまうので、つらく心細く、そして、もの悲しさばかりが募る気持ちがずっと続く様を表している」と、本書作者は考える。つまり、貫之の歌は余情に富み、しみじみとした寂しさを備えるという点で、幽玄様を表していると言える。

❖さて、贈答歌では、二人の和歌に共通の言葉が入り、当意即妙のやりとりをするのが平安時代の雅《みやび》の慣例。本作の場合も、贈歌で「歌」「ゑみ」と問うと、返歌にも「歌ゑみ」と返ってきている事が分かる。

⑤B

人の心、思ふ人と目離《か》るれど、如何《いか》におはしますらむと独りごちて、

❖思ふどち　人の心は　目離るれど　忘られめやは　思はずべきや

現代語訳

恋い慕う人と会う事が少なくなったので、人の思いやり、情けや愛情について、「今はどんな風にしてお過ごしなのでしょうか」とつぶやいて、

❖思い合う者同士、たとえ会う機会が少なくなってしまっても、お互いの心を忘れる事ができましょうか、そして、想いを寄せようとはしないでしょうか、いいえ、共にそんな事はないでしょう。

参考

・人～詞書きの「人の心」は人々一般、「思ふ人」は意中の人。第二句の「人の心」は、思い合

う者同士である本作の二人。

❖詞書きの「如何に」は問いかけの意味。本歌の二つの終助詞「やは」と「や」は反語である。

❖思ふ人と目離るれど～挿入句。下二段動詞「目離る」の已然形「目離るれ」＋逆接の確定条件の接続助詞「ど」で、「～なのに、～だけれども」。

❖忘られめやは～四段自動詞「忘る」の未然形「忘ら」＋可能の助動詞「る」の未然形「れ」＋意志の助動詞「む」の已然形「め」＋反語の終助詞「やは」というつながり。反語となる「やは」が活用語の已然形に付く例は、平安時代では「めやは」となる事が多いので、本歌も同様に表した。

⑥C

若苗の植ゑしもいみじう青《あを》み、をかしうはるばると見え渡りたるに、

❖颯颯《さつさつ》と　涼風《りやうふう》渡る　青波《あをなみ》（並み）に　水影ばかり　見えし早苗の

❖皐月こそ　早苗愛《め》でしか　いつの間に　涼風渡る　青波の布

現代語訳

水田に植えてあった若苗も、すっかり青みがかり、趣深く広々と見え続いているので、

❖今は青いばかりの穂並みにさぁっとすず風が渡っていきます、その穂並みは、ついこの前の五月の時分、煌めき揺れる水影の狭間だけに見えた若苗なのでした。

❖青波のような、青いばかりの布のような穂並みに、今はいつの間に、さぁっとすず風が渡っていくのでしょうか。ついこの前の五月の時分にこそ、若苗に心惹かれたばかりなのに。

参考

第一首は句切れなし～

❖颯颯と＝形容動詞の「颯颯たり（タリ活用＝タラ、タリ／ト、タリ、タル、タレ、タレ）の連用形」の副詞用法。

❖「青波」と「青（い穂）並み」は掛詞。　❖ばかり＝～だけ。副助詞の限定用法。

❖見えし早苗の～下二段動詞「見ゆ（エ、エ、ユ、ユル、ユレ、エヨ）」は、自然に目に入るの意味。過去の助動詞「き（セ、〇、キ、シ、シカ、〇）」の連体形「し」との接続は連用形なので、「見え」。連体形「し」は名詞「早苗」に続く。「早苗の」の後は、「早苗の（あるやう、

形《なり》＝様子、ありさま）」という気持ちで補う。

❖「水影ばかり　見えし早苗の　青波に　颯颯と　涼風渡る」が元の形で、本歌は倒置されている。

第二首は二句切れ～

❖「愛でしか」の「しか」は疑問ではなく、「こそ～（已然形）」で、係助詞「こそ」の係り結びとなるための過去の助動詞「き」の已然形「しか」。意味は強意、強調。第一首の活用形参照。

❖下二段動詞「愛づ（デ、デ、ヅ、ヅル、ヅレ、デヨ）」は、心惹かれる、好む。過去の助動詞「き」の已然形「しか」との接続は連用形で「愛で」。

❖副詞句「いつの間に」は、「か」「や」などの疑問の係助詞、終助詞は付かないが、「いつ」は疑問語なので、意味は「いつの間に、青い穂並みに晩夏の涼風が吹くようになったのでしょうか」と疑問形になる。

❖「いつの間に　涼風渡る　青波の布／皐月こそ　早苗愛でしか」が元の形で、やはり本歌も倒置。

⑦A

橘《たちばな》の香《か》を添へて、返《かへ》し聞こゆる、

❖橘の　もよほしがほに　薫る香の　里ほととぎす　かうし鳴きつる

現代語訳

花橘の香を焚き染《し》めて付け添え、和泉式部様へお返事申し上げた歌は、

❖この橘はうっとりするような、昔の人の袖の香の気配の香《かぐわ》しさがしますが、この香に染まった里ほととぎすは、こんな風に、それは甘酸っぱく囀っていたことです。

参考

・千年前の和泉式部への返歌を本書作者が創作。橘の花（皐月の章、④を参照）は夏の事物だが、橘そのものは秋の物なので、陰暦「文月」の本章に設定。『和泉式部日記』の「薫る香によそふるよりはほととぎす聞かばやおなじ声やしたると」を本歌取りとした。この本歌は、長保五

年（一〇〇三年）、譲位後の冷泉院第四皇子、帥《そち》の宮、敦道親王に式部が贈った恋歌。これを切っ掛けに、和泉式部は後に宮中に入ることになる。

・橘の花～『古今集』、夏、詠み人知らず「五月待つ花橘の香をかげば昔の人の袖の香ぞする」を踏まえての返歌。

❖ほととぎすとは、和泉式部も本書作者も、敦道親王を例えている。ほととぎすの異称は、橘鳥。第三句「薫る香の」も敦道親王の袖の香。

❖もよほしがほなり～誘うような気配がする。

❖かう＝斯う～斯く、のウ音便。「このように、こんな風にして」現代語でも「かくて」「かくかくしかじか」等の形で残る。この場合は、本書作者が実際に度々耳にする、ほととぎすの囀り声を指す。

❖し～強意の副助詞で、訳語は特定できない。第五句を七音構成する意味もある。

❖つる～完了の助動詞「つ」の連体形「つる」。鳴いたことだよ、と連体形止めの詠嘆法。

葉月

八月

①B

葉月になりて、藤《ふじ》の宮殿《みやどの》の秋のおとなひ、やうやく濃くなりにしあれば、こなたざまより打ちほのめきたる渡殿《わたどの》のあるやう、え成らずいとをかし。

池に延《は》ひ添ふ梢《こずゑ》どもの松風、いと耳やすう心細う聞こゆるほどに、遣り水のまた一つ薫《かを》りに匂《にほ》ひ合ひて、わざとならぬ気《け》はひしめやかに広ごるきはめ、まづいとあはれ増さりけり。

❖絶え間なき　水のおとなひ　夜もすがら　松風渡り　聞きまがはさる

現代語訳

八月に入り、藤の宮邸での秋の訪れも少しずつ際立ってきましたので、こちらから微かに見え隠れする渡殿辺りの様子は、何ともいえず興趣の深まりを覚えます。

池に沿って生える木々の梢に吹く松風が、たいそう心地好《よ》げに耳に馴染んで、もの悲しく感じられます。そんなときに、遣り水が松風と一つの香りに融け合いよく匂い合って、さりげない雰囲気がしっとりと渡っていくものの折は、実にしみじみと心に染み入ることです。

❖一晩中耳に入る、絶える事のない遣り水の響き。そこに松風がさぁっと渡っていくので、二つの音が入り交じって聞き間違え、区別が付かなくなる感じがしています。

参考

・藤の宮殿～大内裏《だいだいり》近くにある、架空の平安貴族邸宅。秋深まる風情の描写は、『紫式部日記』を鑑賞しての本書作者の創作。
・濃くなりにしあれば～四段動詞「な（成）る」の連用形「なり」＋完了の助動詞「ぬ」の連用形「に」＋強意の副助詞「し」＋ラ変動詞「あり」の已然形「あれ」＋接続助詞「ば」のつながり。「ば」は、順接の確定条件「…ので」。
A強意の副助詞「し」B接続助詞「ば」＝A「し」B「ば」の構文で、「暖けくなりにしはべれば（暖こうなりましたので）」「花をし見れば（花を見るといつも）」のように使う。「ば」は、順接及び逆接の、確定・仮定・恒常の各条件などから選ぶ。
・打ちほのめく～かすかに現れる、姿を見せる（人にも物にも使う）。「打ち」はほんの少しの意の接頭語、「ほの」はちょっと微かにの意の造語、「めく」は「…のようになる」の意の接尾語。
・渡殿～寝殿造の殿舎から殿舎に通じる渡り廊下。細殿《ほそどの》。わたりどの。寝殿造の二つの建物をつなぐ渡り廊下。

・え成らず～何かに例えて説明しようとしてもできないほどに素晴らしく感銘を受ける様子で、秋も深まる渡殿辺りを描写する表現である。「えもいはず」。「え…ず」は、ある物事がそうなる事ができない、という不可能の呼応を表す。現今の「そんなんようせえへん」の「よう…へん」等に対応する。長月の章、③を参照。

・耳やすし～聞いて安心する、心地好い。

・匂ひ合ひて～「匂ひ合ふ」は、二つ以上の香りが調和して香り良く匂う事。ここは、遣り水と松風の二つの香りが融け合う様。

・わざとならぬ気はひ～「わざとならぬ」は連体形で、格別な様子でない、さりげなく、何気ない。「気はひ」は、聴覚によってとらえられる周りの雰囲気や様子、声や物音などの事。これに対して、「気色《けしき》」は視覚によってとらえられる物事や人の有り様。

・広ごるきはめ～ラ行四段自動詞「広ごる」は、広がるの意味。広げるの意味の他動詞は、ガ行下二段「広ぐ」なので、区別する。きはめは、「極め」と「際目」があるが、ここでは後者。物事が起こるその時、その折。

・あはれ増さりけり～あはれ、は物事のしみじみとした情趣や心持ち、感慨、趣。まさる、は「勝る」と「増さる」があるが、ここでは後者。この場面の趣がより一層強く感じられる事。

❖聞きまがはさる～四段「聞きまがはす」で、他の音と入り交じって聞こえ、区別が付かなくなる。まがふ↓ものとものとが入り交じり合って区別が付かなくなる。「る」は自発の助動詞

「る」の終止形で、「聞きまがはさ」の未然形で接続。

・詞書きでは、遣り水と松風の香りが融け合う様を、そして、和歌では遣り水と松風の音が混ざり合って区別が付かなくなる様を、秋の深まりに感じられる、それぞれのものの折の情趣として表している。

②A

葉月二十日《はつか》の頃ほひ、主上《しゆしやう》（高倉天皇）、さしも隈《くま》無き空に月影をおぼろに眺めつつ詠ませたまへる、

❖涙月　おぼろに霞む　面影の　まがふべうなき　小督《こがう》のつま音

現代語訳

八月二十日頃の事、主上《しゆじよう》様が、あれほどそんなにも月が地上を明るく照らす空に、その明月を曇りの涙目で眺め遣りながらお詠みあそばした御歌は、

❖こんなにも明るい月なのに、思う涙のために小督の面影がぼんやりと霞んで月に見えている。その映る小督の姿有り様が、箏《そう》（現今の琴）を麗しく弾き澄ます。その音色こそ、私は聞き間違えないことだ。

参考

・平安末期の『平家物語』を鑑賞しての本書作者の創作。水無月の章、女御㤭子《しし》と同様に時代は経ても哀れにも美しく淑《しと》やかな女性、高倉天皇が寵愛《ちょうあい》した小督をテーマとした。

・さしも隈無き空～さしもは「あれほど、そんなにも、非常に」の副詞。隈無き、は月の事ではなく、月が下界をあまねく隅々まで照らして、良く晴れ渡った夜空の情景の事。隈とは光の届かない暗い隅《すみ》の方、端の片隅。本歌の「おぼろに霞む」天皇の涙と対比させ、悲しみを引き立てている。

・詠ませたまへる～「せ＋たまふ」で最高待遇の二重敬語。通例、天皇や皇后それに準ずる皇族と大臣《おとど》のみに用いられる。

❖小督～高倉天皇の寵姫《ちょうき》。中納言、藤原成範《しげのり》の娘、一一五七年生。高倉天皇の寵愛を受けたため、平清盛に疎《うと》まれて嵯峨野に身を隠すも高倉天皇の勅命を受けた源仲国《みなもとのなかくに》により見い出され、天皇との子、範子内親王を生む。

❖面影の〜月に映る小督の面影が思い出させるのは、彼女が琴を弾くつま音、の意味。

❖まがふべうなき〜まがふべくなきのウ音便。「まがふ」は、入り交じり区別が付かない、見聞きし間違える、の意味がある。

❖つま音〜小督は筝を見事に弾き熟《こな》した、その弾き澄ます音のこと。逃げ場所の嵯峨野においても嗜《たしな》んだため、勅命で探し求める源仲国が耳にとめる切っ掛けとなった。

③B

今し、水鶏《くひな》この門《かど》を打ち叩くとも、たれか打ち叩かする人はべらむとて、いみじう心細う覚えて、涙に霞める月影、袖に映れるほどあはれなること限りなし。

❖刈り薦《こも》の　乱る思ひは　残り無く　差出《い》でたりし　袖の月影

と思へど、いとかひなくなむ。

現代語訳

「丁度この今、水鶏《くいな》が訪れてこちらの門を叩いたとしても、門を従者に叩かせるお方がどなたかいるのかしら、いいえ、いはしないでしょうね」と思うと、ひどく心細く思われました。溢れる涙に霞んで月の中に見える宮様の姿が、涙で濡れた袖にも映っているありさまは、感慨深く心を悲しくすること、この上ありません。

❖私の乱れて思い悩む気持ちは余すところなく全て、月の光が差し始めた私の袖の涙に映し出される宮様、あなたのお姿から来ているのです。

そう思って歌にしてみましても、本当に何にもならずつまらないことです。

参考

・『更級日記』を鑑賞しての本書作者の創作。

・今し～副詞で、正にこの今。強意の副助詞「し」。

・水鶏～春に来て秋に帰る渡り鳥。水田や湿地等の水辺に住み、体長三十センチほど。オスの鳴き声が「トン、トン、トトトトト」と、戸を叩くように聞こえる事から、平安時代では、人が自分を訪ねる場面に例えて詠歌された。本章、⑧を参照。

・打ち叩かする～四段動詞「叩く」の未然形＋使役の下二段助動詞「す」が付いた複合動詞「叩かす」の連体形「叩かする」。身分の高い貴人は、物事を自らするのではなく、使者・従者＝随身にさせる場面が多い事からできた用法。「打ち」は、意味を強めたり、音の調子を整えたりする接頭語。

・たれか打ち叩かする人はべらむ～疑問語「たれか」を受けて、推量の助動詞「む」は連体形である。

・涙に霞める月影～私の涙のために、月の中に霞んで見える宮様のお顔。更に、本歌の「袖の月影」とは、私の袖上の涙に、月の光に映し出されて見える宮様のお姿。この場合の月影とは、月の光に映し出された面影や姿の事で、月の光や形ではない。

❖刈り薦（＝菰）の～刈り取ったマコモ（刈り薦）は、乱れ易い事から、「乱る」に掛かる枕詞。枕詞は特に訳出しない。

❖乱る思ひ～心乱れて思い悩む気持ち。

❖残り無く～副詞で、余すところなく、残らず、悉《ことごと》く、全て、皆。

❖差出でたりし袖の月影～その気持ちは、月の光の差し始めた私の袖の涙に見えるあなたのお姿から来ています。

・かひなくなむ～かひなくなむはべる、と補って考える。

④C

葉月、中つ方頃、つとめて暗がり渡れりし山どもやうやう明かりたりて、いと雲らはしくをかしきに、涼しさなほ増さりつつ、例のあまたたび聞こゆなり。

❖明け立てば　ひぐらし競《きほ》ひ　鳴きかへる　木暗《こぐら》き山に　声ぞ渡れる

現代語訳

八月の中頃、朝早く辺りは暗がりの広がっていた山々も段々と次第に明るくなってきました。それでもたいそうどんよりと雲が掛かっているので、涼しさも何といってもやはり増しながら、毎朝のように例によって、幾度も聞こえてくるようです。

❖夜明けになると、ひぐらし達が互いに張り合い、やかましく鳴いて、木々のために薄暗い山に蝉の声が辺りいっぱいに響き渡っていることです。

参考

・やうやう＝ようやくのウ音便。段々と、次第に。『枕草子』「やうやう白くなりゆく山ぎは」。
・雲らはし～形容詞、どんよりと曇りがかっていて。
・なほ～もっと、更に。
・増さりつつ～増える、強まる。「…つつ」は複数の動作進行で、「…しながら」。
・例の～副詞用法「例の…用言」で、「いつものように、例によって…する」。
・あまたたび＝あまた＋度～何度も、繰り返し。
・聞こゆなり～「聞こゆ」は終止形なので、「なり」は伝聞推定の助動詞「なり」の終止形で聴覚推定、「聞こえて来るようだ」。「音（ね）あり」から派生。視覚推定の助動詞は「めり」で、「目あり」から。

❖明け立てば～已然形＋ば、で順接の恒常条件。「夜が明けるといつでも」

❖競ふ～古語では、きほふと読む。互いに張り合って競う。

❖声ぞ渡れる～係助詞「ぞ」……連体形「る」、のつながりは係り結びの法則。完了存続の助動詞「り」は、連体形「る」になる。「る」の前接続は四段動詞「渡る」の已然形「渡れ」。この「り」は、四段動詞の他に「かくてせり」のように、サ変動詞「す」の未然形「せ」にしか付かない。こうしたエ段音だけに付く制約のため、平安時代以降、「り」は次第に使われなくなる。

⑤C

兄《せ》の君、然《さ》るべきゆゑはべれど、なほとこしなへにこそこなたざまにて待ち渡るべけれとて詠める、

❖袖の香《かう》　言ひ語らはむ　思ふどち　芹《せり》摘む端《はし》の　袖の雫《しずく》な

現代語訳

「仕方のない事情があっても、それでもあなたをいつまでもこちらで待ち続けるつもりですから」と言って詠んだ歌、

❖袖に秋花の香りが漂うこの時季に、気のあった者同士でお話ししようとお側《そば》まで行きたいのですけれど、事情が重なってのこの今は、芹摘みの古歌と同じように、叶わぬ願いとなって、袖に涙の雫が流れ溢れています。

参考

・兄の君〜「兄《せ》」の敬語で、女性が男性を敬愛して使う呼び名。あなた、あのお方、あの人。

・然るべき〜そうあるべき、そうしなくてはならぬ、そうするのが相応しい。この場合は、「そうする」内容をぼかして明示しない表現方法。

❖芹摘む〜古歌で、努力しても報われず叶わない望みの例え。平安時代には、この題材が数多く詠まれた。本歌取りの一例は、『更級日記』「いく千《ち》たび水の田芹を摘みしかは思ひしことのつゆも叶はぬ」。

❖袖の雫＝袖にかかる涙。初句の「袖の香」と照応する。本歌取りは、『和泉式部集』「よそにふる人は雨とも思ふらむ我が目にちかき袖の雫を」。

⑥C

葉月三十日《みそか》あまり一日《ひとひ》、夜昼いみじう文《ふみ》かはしたる人のおほとなぶらの御車《おほん》にて近うおはしませるに、打ち物語りして立ち別れぬ。つとめて言ひやりし、

❖水篶《みすず》刈る　信濃路遥か　舵握る　吾《あ》が君背に負ふ　廻《めぐ》らふ民を

御返《おんかへ》り事に、

❖その感じたるかたじけなき御心《み》ぞ、いたうわきまへ知りたる。いつしか万《よろ》づ打ち語らはむ。

現代語訳

八月の末日、いつも親しくやりとりしているお方が石油タンク列車で近くにいらした時、ちょっとおしゃべりをしてお別れをしました。翌朝、言いに遣ったことは、

❖遥かなる信濃路まで石油タンク列車の舵を握るあなた、そのあなたが運転中に背に負うているのは石油を待ち望む、信濃国の幾多の人達なのですね。

そのお返事として、

❖あなたのお感じになった有り難いお心遣い、よく心に感じ入りました。また近いうちに沢山お話ししたいですね。

参考

・おほとなぶら↓おほとのあぶら＝大殿油～宮中や貴族の御殿の灯台に灯す油を用いた灯火や油。平安当時に石油はないので、それに最も近い言葉として選択。
・かはす～お互いにやりとりをする、気持ちが通じ合う。
・おはしませるに～カ変動詞「来《く》」の尊敬語の四段動詞「おはします」の已然形「おはしませ」＋完了の助動詞「り」の連体形「る」＋時を示す格助詞「に」の「…の時」。この「り」は、格助詞「に」に連体形「る」で接続する。
・接頭語「打ち」＋動詞～ちょっと…する。打ち見遣る、打ち佇む、打ち物語す、等。語調を整えるためにも使われる。
❖水篶刈る～枕詞で「信濃、科野《しなの》」に係る。水篶《みすず》とは、篠《すず》竹の異称。万葉集の「水菰《みこも》刈る」を「みすずかる」と近世に誤読した語。「みすず＝篠竹」も「みこも」も信濃が産地。

❖吾が君～相手を親しんでの呼び名、あなた。

❖廻らふ～世の中に生きる。生活する。

❖いつしか～副詞で、平安時代では「物事が思いがけないほど早く起きる」の意味。「いつしか～願望や意志」の形を取り、「早く～したい、しよう」として使われる。他に「いつの間にか、既に」や、早くと待ち焦がれて「いつの日にか、いつか」の意味。

⑦A

葉月晦方《つごもりがた》に、田と言ふものの辺《わた》りを歩《あり》くに、いみじう田舎の心地して、

❖いと赤き　穂並の元ぞ　持ちて刈る　敷きて並み居《ゐ》る（並みをる）　せまほしげなり

現代語訳

八月の終わり頃、田んぼというものの周りを女車で巡ったところ、たいそう田舎気分に包まれて詠んだ事には、

❖大変に赤く実った稲の下の方を手に持ち刈り取り、その刈り取った稲を地面に並べ、農民が並んで座る様子等が面白いので、この私もやってみたいと思うのです。

参考

・『枕草子』二百二十七段の「稲刈りをしてみたいわ」という話題を元にした本書作者の創作。

❖本歌の（並みをる）に使われている、補助動詞「をり」は歌詠みで使う事はあまりない。なぜなら、平安時代以来、第二義に侮蔑語（…していやがる）の意味があるため。

❖清少納言がこの段で（和歌ではないが）田を刈る農民に対して、「並みをるもをかし」と使ったのは、清少納言が貴族階級だから自然と口をついて出たのでは、と感じられる。ここは本歌のように「並みゐる」とすれば、「並んで座る」という意味に変わるが、「をり」の意味はなくなる。

⑧B

葉月になりて、山の方《かた》深く入《い》りての夕《ゆふ》暮れ道のほど、「山路《ぢ》を深く」など覚ゆれば、いかがおはしますとて奉《たてまつ》らせつる、

❖水鶏《くひな》鳴き　物さびしくは　たれか訪《と》ふ　君の音《ね》聞かば　語らはましと

現代語訳

八月になり、山の方角へ奥まで入っての夕暮れの道中《みちなか》に「山路を深く」等の古歌が自然と思い出されたので、「いかがお過ごしですか」と言って、使者に差し上げさせたのは、

❖水鶏《くいな》の声が響いて辺りが一層寂しくなるならば、この山奥まで一体誰が訪ねて来るというのでしょう。誰も来はしません。貴女《あなた》が訪ねて声を聞かせてくれれば、いろいろと積もる話も語れますのに、実際はそうならないのが残念です。

参考

・「山路を深く」～『更級日記』「叩くともたれかくひなの暮れぬるに山路を深くたづねては来《こ》む」が自然と思い出されて、の意味。この第四句を引用。古歌の歌意は「水鶏が戸を叩きつけるように鳴き続けても、このような日の暮れた京都東山の道を訪ねて一体誰が来るというのでしょうか。誰も来はしません」。鳴き声が物叩きの音に似ることから、平安時代以来、水鶏の鳴き声を叩くと言う。水鶏については、本章、③を参照。

❖物さびしくは～「は」は、「桜は」等の係助詞の「は」ではなく、順接の仮定条件を示す接続助詞「は」で、「もしも…ならば、～だ」の意味。

❖初句～第三句までが一つ目の仮定条件文＝寂しくなるならば、誰が来るというのでしょう。第

四句と第五句で、また別の仮定条件文＝貴女の来訪を耳にしたら、お話しできるのに、それはできない。

❖たれか訪ふ〜「か」は、反語の係助詞で、「誰が訪ねて来るというのでしょう、いいえ、誰も来はしません」。「訪ふ」は、反語の係助詞の係り結びの法則により、終止形ではなく、連体形。

❖君の音聞かば　語らはましと〜反実仮想の助動詞「まし」の用法で、「Aば、（Aせば、Aませば、Aましかば）、Bまし」＝四つ共に「仮定条件A、Bまし」。反実仮想とは、今の事実と異なる内容を想定して、その想定に基づいて推定したり、気持ちを表したりする修辞法。
「もしも今Aだったら、Bなのに、実際はそうではなく、とても残念だ、悲しい」等の意味になる。和歌では、願いや悔いなど、事実と反対の内容が主題となる事が多いので、平安時代には多用された。末尾の「まし」は終止形。
この場合は、現実とは異なる貴女が来る状況を仮想や仮定をして、現在の事実に対する落胆等の気持ちを表す使い方。「もしも仲良し同士のあなたのお声や足音をこの今聞くならば、一緒に楽しくおしゃべりできるのに、貴女が来ない今はそれも叶わず、ひどく残念なことです」の意味。女性同士の友情を表した一場面。

⑨A

葉月二十七日《はつかあまりなぬか》、人多《おほ》くいきほひ、男なるも添ひて下るに、

❖待ち侘《わ》びて　夢にさへ見し　狩衣《かりぎぬ》の　艶めくまでに　立ち出《い》づる形《なり》は

現代語訳

八月二十七日に、お世話になった人達が大勢出入りし、長男の仲俊も途中まで付いて下向《げこう》した時に詠んだ歌は、

❖本当に待ちに待ちくたびれて夢にまでも見たのは、私の夫が狩衣を身に纏《まと》い、艶々と美しく見えるまでに、信濃国国司として旅立ったその姿だったことですねぇ。

参考

❖菅原孝標女《すがわらのたかすえのむすめ》作の『更級日記』を全訳した際、本書作者が心に描いた作品。孝標女はこの段で、和歌は詠んでいない。

・第百十六段「きらきらしき下り」↑段付けと「　」タイトル、以下の現代語訳は本書作者。

・天喜五年（一〇五七年）葉月三十日《みそか》。私は五十歳になっていました。葉月二十七日《はつかあまりなぬか》に信濃守《しなののかみ》（国司）として、夫は下りましたけれど、長男の仲俊もお見送りとして途中まで共に付いて下りました。仲俊は紅《くれなゐ》色で砧《きぬた》打ちで調えた衣装の上に、萩の襲《かさね》の色目の狩襖《かりあを》（狩衣《かりぎぬ》）を身に纏い、更にその上に紫苑《しをん》色の織物の指貫袴《さしぬきばかま》を穿いて、太刀《たち》を差し、父親の後に立って歩き出て行きました。その父親も絹織物の青鈍《あをにび》色の指貫袴を穿き、狩衣を身に纏い、お屋敷の細殿《ほそどの》の所で馬に跨がりました。行列が大声を出して賑やかに騒ぎながら下った後には、何ともする事もなかったのですけれど、信濃国は、そんなに遠い所でもないと聞いていましたので、先の父の上総守《かずさのかみ》の時のように心細くは思わないでいました。

❖夢にさへ見し〜「さへ」は現今の「…までも」に当たる。古今異義語の一つ。

❖立ち出づる形は〜「は」は、詠嘆の終助詞。

長月

九月

①A

長久二年、私は尚侍司《ないしのつかさ》でお仕えしていました。当時の私の日記から。

長月下《しも》つ方の折《をり》、をんな車より打ち出《い》での衣《きぬ》を垂るままに、静心《しづごころ》を抱《いだ》きてまかでぬ。そのほど、いと清らに生《お》ひなりにける濃き御花《おほん》、あまた開けたるを見るに、

❖秋の野に　をんな車を　出《い》だしつつ　花見に行くと　君に逢ひたり

現代語訳

長久二年（一〇四一年）九月下旬の頃、女車を牛に引かせ、出《いだ》し衣《ぎぬ》を垂らすのに任せ、穏やかな気分を感じつつ、私は祐子《ゆうし》内親王様の御前《おんまえ》のお仕えを終えて退出させて頂きました。その道中にたいそう上品に生長した花（実体験したヒガンバナ）が沢山咲いているのを見たので、私はこう詠みました。

❖秋野の原に女車を出しながら、秋花見にでも出掛けようと思いましたら、まぁ、そんなに濃く

艶やかなあなたにお目に掛かったことです。

参考

・をんな車～女車《おんなぐるま》で、女房が外出の際に乗る牛車《ぎっしゃ》の事。簾《すだれ》の下から着物の裾を垂らす。

・打ち出での衣を垂る～牛車《ぎっしゃ》の簾《すだれ》、御簾《みす》（部屋仕切りの簾）や几帳《きちょう》（女性貴族の座脇に立てた仕切り）等の下から、着物の袖や裾の端部分を少し出して垂らして見せる事や、その出した衣の事。出し衣《いだぎぬ》とも。中にいる女性の雅《みやび》な装飾美を競い合う、当時のお洒落の習慣。この牛車を女車《おんなぐるま》、出し車《いだぐるま》と呼び、行啓や賀茂祭等の際に使われた。

②A

長月晦《つごもり》の頃、秋深き山中《やまなか》を歩《あり》けば、紅葉《もみじ》いとをかしきさまなれど、たれか木陰小暗《をぐら》き山路に振り延《は》へてぞ深く来《こ》むとて、いみじう心細う覚ゆる、あはれなること限りなし。

❖小倉山《をぐらやま》　小暗き道へ　分けて訪《と》ふ　たれか思ひ合ふ　心のほどを

現代語訳
九月末頃になり、秋深い山を歩くと、紅葉がたいそう趣深い様子です。けれども、「誰が木陰の薄暗いこの山路を、わざわざ訪ねて来ようというのでしょうか」と感じ、ひどく心細く思われること、それはとてもしみじみと深く悲しい気持ちになるのです。

❖紅葉が重なる薄暗い山の秋に、取り分けてこの小倉山をわざわざ深く訪れる、私のこの気持ちを一体誰が同じように考えるというのでしょうか、いいえ、誰もいはしません。

参考
・『更級日記』を鑑賞しての本書作者の創作。
・歩《あり》けば～「歩《あり》く」は人や馬が歩く、出歩く、動き回るのに加え、牛車や舟等での移動も含まれる。「歩《あゆ》む」は足を運ぶ事で人の歩行のみに使う。「ば」は、単純接続の接続助詞で、「…すると、…したところ」。
・をかしきさまなれど～「なれ」は、断定の助動詞「なり」の已然形、「…だ、…である」。「ど」

は、逆接の確定条件で、「…けれども、…なのに」の意味。

・たれか木陰小暗き山路に振り延へてぞ深く来む～「か」は反語の係助詞で、「…だろうか、いいえ、…ではない」の意味。「ぞ」は強意強調の係助詞で、訳語は特定できない。「たれか……来《こ》む」は、係助詞「か」の係り結びの法則により、末尾の「来む」は連体形。また、「振り延へてぞ……来む」は、こちらも係助詞「ぞ」の係り結びの法則で、結ぶ「来む」は連体形になる。

・振り延へて～「振り延《は》ふ」は、「わざわざ…する、殊更…する」の意味で、具体的な動作は前後関係で判断する。この場合は、直後にある「来む」で、「こんな小暗い山の中をわざわざ訪ねて来る」事。

・いみじう心細う覚ゆる～下二段動詞「覚ゆ」で、「覚ゆる」は連体形。いみじう心細う覚ゆる(様)、それは…」と補う気持ちなので、連体形。

❖小倉山～奈良県桜井市(といわれるが不明)と京都市左京区と二つあるが、ここは後者。紅葉の名所で、多く「小暗し」の意味を掛けて詠まれたが、本歌も同一音での響きを表した。

❖たれか思ひ合ふ～「か」の使い方は前項と同じ、「誰が同じ事を考えるのでしょうか、いいえ、誰もいません」の反語。

③C

長月晦方《つごもりがた》の頃ほひ、例のいといたう雨打ち降りたりて、内《うち》にありてはせまほしきおほ方は悉《ことごと》くものすれど、世《よ》の中心地《なかごこち》流行りたれば、ゆかしき物見の辺《わた》りにもえ歩《あり》かぬ、いみじうせむ方なく口をしううたて覚ゆるこそ、いとあはれなれ。

❖新玉《あらたま》の　年の二年《ふたとせ》　廻《めぐ》らへど　恥《やさ》しき御世《みよ》とて　思ひ侘《わ》びつつ

現代語訳

九月も押し迫った頃、いつものように雨がひどく降ってきて、家にいてしたい事は大抵あれこれとするのです。が、世間では病気が流行っているので、行ってみたい観光地にも出歩けないのが、どうしようもなく情けなく嫌に思えるのは、ただただ身に染みて感じられるのです。

❖この新しい令和の二年余りを生きてきましたが、身の細るような辛い思いをする今の御世と感じ、思い悩んで悲しみ続けていることです。

参考

・世の中心地～流行病。

・え歩かぬ～不可能の副詞「え」＋歩《あり》くの未然形「歩か」＋打消の助動詞「ず」の連体形「ぬ」で、乗り物等で外出できないのは。「え…否定語（ず、まじ、などの助動詞）」の形。葉月の章、①参照。

・副詞うたて～「うたて覚ゆ、思ふ」などの形で、不快や嫌に感じる、の意味。

❖新玉の～年、日、月等に係る枕詞。「年が改まる」の「改ま」るとの掛詞。

❖廻らふ～生活する、生きていく。

❖恥し～自分の身が細るような辛い気持ちで、耐え難い。

❖とて～会話や心内語、心理を受ける引用連語。「……」と言って、思って。

❖思ひ侘ぶ～思い悩む、悲しく感じる。

❖つつ～動作の反復、継続の接続助詞で、「…して、…し続けて」

④B

いと深き朝《あした》のほど、千種《ちぐさ》なる心ならひやはべらむとて返《かへ》し、

❖薫《た》き薫《かを》る　薫き染《そ》むる香《か》に　染まざらば　千種《ちぐさ》なる内《うち》　揺蕩《たゆた》はましや

現代語訳

夜明け前のまだ暗い時分に、「お思い変わりのし易いお心癖がございますのでしょうか、そんなことございませんよね」と返歌をして、

❖お互いに香《こう》をくゆらして、もしも今、合い染まる移り香に染まらないとしたら、もしも今、お互いに心を深く寄せなかったとしたら、今と反対に、あなたの色々と気心沢山な心うちを、どうしたら良いのでしょうと、私は心揺れて辛く思うのでしょうね。

参考

❖染む〜色（ここでは香り）に染まる、転じて、本歌のように、心を深く寄せるの意味。

❖「仮定条件（Aば）、Bまし」で、「もしもAだったとしたら、今はBだろう」の反実仮想。現在の事実と反対の内容を仮定して、その仮定の下での推量や気持ちを表す修辞法。

❖この場合は、「今と正反対に、もしも二人でくゆらして移り香が染まらないとしたならば、あなたの浮気心をどうしたら良いかしらと悩むでしょう。でも、実際は染まったので、あなたの浮気心の心配はございません」と、逆さから述べる。

現在と反対の仮定↓移り香が染まらないとしたなら大変だが、実際の事実↓染まっているので、心変わりの心配はありません、という意味。

❖このように、現今では回りくどいと感じる表現が平安時代の和歌には多く好んで詠まれた。

⑤C

さいつ頃、山神に詣《まう》づとて見しは、田にあまたつちかはるる穂並みのいといたう風に打ちひしがれたる、いみじうむざうなり、かつは心ぐるし。又の日など今日《けふ》もさやあらむとて、昼つ方見遣れば、いと赤き稲のそこらはべりしををのこ御《おん》車にて刈り果てて、たひらかに成り果つる、石畳があるやうに見えたり。

❖きのふこそ　穂田《ほだ》刈り果つれ　いつの間に　あはれにもなる　穂波失《う》せし田

現代語訳

つい先頃、お山の神様に参詣するといって目にしたのは、田んぼで沢山育てられてきた穂並みが、たいそうひどい様子で風に打ちひしがれ倒れた姿です。ひどく痛ましく、また気の毒でいたわしく思われました。次の日など、今日もそのような感じなのだろうかと思い、お昼頃見遣ると、たいそう赤く実った稲が沢山ありましたのを男性のお方が農機具車ですっかり刈り取ったので、田んぼが平らに成り果てた様子は、まるで石畳のありさまに見えていました。

❖それは昨日の事でした、いつの間にその穂並みがなくなってしまったのか、それまで打ちひしがれていた稲穂が、すっかり刈り取られてしまっていました。そんな田んぼの二度の様変わりを見て、しみじみと悲しくまた気の毒にも思われるのでした。

参考

・さいつ頃～「先つ頃」で、先頃。「つ」は所属（…の）を表す上代の格助詞。

・見しは～見たことは。「し」は、過去の助動詞「き」の連体形。

・つちかはるる～四段他動詞「つちかふ（植物を育てる）」の未然形＋受け身の助動詞「る」の連体形「るる」。

・いといたう打ちひしがれたる～いとは副詞「いたう」を、いたうは動詞「打ちひしぐ」を修飾する。「れ」は受身の助動詞「る」の連用形。「たる」は存続の助動詞「たり」の連体形「たる」。

・かつは～または、一方で。前後で並列や対句の関係になる。

・さやあらむ～そうではないだろうか。「や」は疑問の係助詞。

・「いと赤き稲の……刈り果てて」は、挿入句。

・そこら～沢山の。ここら、ここだくと同じ。

・刈り果てて～後の「て」は、順接の確定条件「…ので」の接続助詞。

・成り果つる～成り果つる（あるやう）、と補って考える。成り果てた姿は。下二段動詞「成り果つ」の連体形。

・石畳があるやう～石畳がある感じ、ではなく、石畳のありさま。「が」は格助詞で「…の」という所属を意味する連体修飾語。

・見えたり～見えている。「見ゆ」の連用形「見え」＋継続の助動詞「たり」の終止形「たり」。

❖「きのふこそ　穂田刈り果つれ　いつの間に」ではなく、「いつの間に　あはれにもなる　穂波失せし田」と読む二句切れ。

❖刈り果つれ～「刈り果つ」の已然形で、係助詞「こそ」の係り結び。

❖いつの間に～疑問副詞で「いつの間に…なのか」。「いつの間に…穂波失せし田（に成りぬる）」と、完了の助動詞「ぬ」の連体形「ぬる」を補い、考える。疑問語「いつの間に」のため、補う末尾は連体形「ぬる」で結ぶ。

❖あはれにもなる～しみじみと寂しく、悲しい様子になった田んぼ。

⑥A

渡殿《わたどの》の戸口の局《つぼね》より、御殿《おんとの》の歩《あり》かせたまふを見奉《たてまつ》りしに、

❖をみなへし　折らせたまひて　御殿の　硯《すずり》召し出《い》づ　ゐみて「あなと」と

さらに、今はおはしまさでのちとて、

❖渡りさせ　たまはましかば　いといたう　清らなるさま　いみじからまし

現代語訳

関白、藤原道長様がお歩みあそばしているご様子を、屋根付き渡り廊下の戸口近くの自分の部屋から見申し上げた時に詠んだのは、

❖あの朝、道長様は、をみなへしを一枝お折らせあそばしまして、私にお歌をご所望なさりました。そして、「あぁ。これは早くできたね、さすがだ」と微笑みながら仰って、硯をお取り寄せになられ、私にご返歌下さいましたのを昨日のように思い出します。

さらにもう一つ詠んだのは、「いらっしゃらない後の今は」と言って、

❖今、道長様が渡殿の私達の前をお通りあそばすならば、それはもう上品で優美なご様子に私達は感動しましたでしょうに、この今は返す返すも残念です。

参考

・『紫式部日記』を鑑賞して、紫式部が作歌したと想定した本書作者の創作。
・歩かせたまふ、折らせたまひて～「せたまふ」は、尊敬の助動詞「す」の連用形「せ」＋尊敬の補助動詞「たまふ」の連用形で、「お…あそばしになる」の最高敬語。天皇や中宮、女御、皇太子等に対して用いるが、関白や太政大臣等にも用いられた。
・御殿の～関白道長様が。「の」は主格の格助詞。

・硯召し出づ～下二段動詞「召し出づ」は、お呼び寄せになる、お取り寄せになるの意味で、敬語の一つ。

・ゑみて「あなと」と～マ行四段動詞「ゑむ」の連用形「ゑみ」に、状態を表す接続助詞「て」が付いたもの、「微笑んで」の意味。「あなと」は「あな、疾《と》」であり、連語で「これはまあ、早いことだ」で感動詞の一つ。直ぐさま見事に作歌した紫式部を道長公が褒め称えた言葉。

・おはしまさでのち～尊敬の本動詞「おはします」は、「いらっしゃる」の意味。「で」は、「ずて」が縮まったもの。上の事実を打ち消す意味の接続助詞で、「…しないで、なくて、せずに」。この場合は、「道長様がお隠れになり、今はもういらっしゃらなくなっての後は」の意味。

❖「Aましかば、Bまし」は反実仮想。現実とは反対の事実や願いを思い浮かべ、その元で起きる推定や想いなどの心情を述べる用法。

「(現実はAではないが)もしもAだったとしたら、Bなのに、Bだったら良かったのに(事実はBでなくてとても残念だ)」が一般的な意味。この場合は「もしも道長様がご存命で渡殿をお通りなさるならば、優美なお姿に感動し申し上げたのに、今はそうでなくとても残念です」という意味。AやBの動詞の活用語は、未然形接続となる。

❖いみじ～この場合は、優れている、素晴らしい、感動的だ、等の良い意味の強調。

❖和歌では活用語に尊敬語は使わないのが通例だが、紫式部から道長への敬愛の念を表《ひょう》するために、二首とも尊敬語で作歌した。

⑦B

彼岸花の咲くをりには来《こ》むよと契り置きしに、いつしか咲かなむ、掛けて思はぬ時の間も無く待ち渡るを、

❖頼めしを　なほや待つべき　花散りし　ほど経《ふ》るままに　涙増される

現代語訳

「彼岸花が咲く頃には来るよ」と、あなたが約束しておいたので、早く咲いてほしいと心に留めて決して忘れないようにして、それを思わない時はなく、ずっと待っていたのに、

❖当てにしていてくださいって仰ったのに、花が散ってしまっても、それでもまだ待たなければいけないのでしょうか。時が経つにつれ、涙だけが増すままに流れていくことです。

参考

・本歌取りの「頼めしをなほや待つべき霜枯れし梅をも春は忘れざりけり（『更級日記』～菅原《すがわらの》孝標女《たかすえのむすめ》作）」を鑑賞し、本書作者が創作。

・いつしか～副詞で、思いよりも早く物事が起きる事。この場合は、「いつしか…願望、意志」で、「早く彼岸花が咲いてほしい」の意味。

・掛けて思はぬ～連語「掛けて…思ふ」等の形で、忘れないように心を向けて、の意味。

・待ち渡る～「渡る」は、空間的・時間的な二つの広がりを示す。この場合は「待つ」なので、長い日数《かず》待ち続ける、の意味。

❖「頼めし」は、下二段動詞「頼む（頼みに思わせる、約束して当てにさせる）」の連用形「頼め」で、これに過去の助動詞「き」の連体形「し」が付いた形。「約束して当てにさせたこと」の意味。この下二段動詞は、平安時代の男性が女性に約束して期待させる、という特別な意味を持つ。弥生の章、③と霜月の章、①参照。因みに右の『更級日記』からの本歌取りは、女性同士で約束して期待させる作例。

❖なほや待つべき～「や…べき」で、疑問や問いかけの係助詞「や」の後は、係助詞の係り結びの法則により、文末の活用語は連体形（この場合は「べき」）で結ぶ。「待つべき花散りし」と花に掛かるから、連体形ではない。「それでもまだ待たなくてはいけませんか？」という気持ちで、三句切れ。「べし」は、この場合、義務や命令または当然の助動詞で、「待たなければならない、いけない、待つのが当然だ」の意味。

❖涙増される～四段動詞「増さる」の已然形「増され」＋継続の助動詞「り」の連体形「る」で、この連体形は、余情と余韻の表現である。

⑧C

げに、曼珠沙華《まんじゆしやげ》のあはれにもなることいたう増さりたまへりとて、

❖さりぬべき　「葉見ず華（花）見ず」君が形《なり》　えならぬ露玉　ほむらとて燃ゆ

現代語訳

「本当にこの今、しみじみと心を打つ曼珠沙華さんのお姿が、更に素晴らしくおなりですね」、と言って詠んだのは、

❖それ相当な素晴らしさを持つ「葉見ず華見ず」のあなたのそのお姿は、並大抵でないほどうっ

とりするような赤い露玉が、心の炎だと言って燃え上がっていることです。

参考

・げに～この場合、前言や古歌の肯定ではなく、目の前の様子を現実だと認めて、「現に、本当に、実際に」として、私見を述べる。『今昔物語集』等の「現に」から派生。

・いたう増さりたまへり～「いたう」は副詞「甚《いた》く＝ひどく、並々でなく、激しく」のウ音便。「たまへり」と尊敬の補助動詞「たまふ」が使われているのは、花への敬慕の気持ち。「り」は完了の助動詞「り」の終止形で、エ段音接続。

❖さりぬべき～連語「さりぬべし」の連体形接続の形。そうするのが相応しい、立派だ、それ相当な素晴らしさがある、等の意味。その内容は以下に続く動詞が該当する。即ち、指示語「さり」の内容は、後述の「えならぬ露玉のほむらとて燃ゆ」なので、「えならぬ露玉のほむらとて燃ゆべき」と置き換える。そして、「素晴らしいまでの露玉が炎のように燃え上がるに相応しい、そんな曼珠沙華さん」と読解すると良い。

❖「葉見ず華見ず」とは、葉期が春、花期が秋である曼珠沙華の習性を風流めいて表した呼び名。同じ仲間のナツズイセンは、春が葉期で夏が花期。こちらは淡いピンク色の花弁を付ける。

❖君が形～曼珠沙華さん、あなたのそのお姿は、の意味。

❖えならぬ露玉～連語「えならず」の連体形接続の形。状態が言いようもなく素晴らしい、並々でない、並大抵でないほど素晴らしい、の最上級の褒め言葉。おしべ、めしべの先の花粉を本書作者が露玉に例えた表現。

⑨C

花と夢躍りて開けたる、懐かしうかをりたるとて、諸共《もろとも》にある世の常ならぬ人、のたまへる返《かへ》り事に、

❖濃き錦　野にはるばると　御《おん》車　いかに躍りて　深く染めけむ

現代語訳

「花と夢が踊るようにして咲いた彼岸花ですね、心惹かれる感じの香りが広がりますねぇ」とご一緒させて頂いた、情趣や風流をご存じのお方が仰るお返事として、

❖濃いお色目の彼岸花が、広々とした野を行く貨物列車を眺めています。どんな風に心が舞い

躍って、花々はこのように色濃く染め上げたのでしょうか。貨物列車を眺めている私も、どんな風に心躍って、このように気持ちを熱くしたのでしょうか。

参考

・開けたる、かをりたる～「たる」は「連体形止め」で詠嘆の気持ちを表す。直後に続く名詞（ここは、をり、ほど、あるやう）等の体言を予想させて余情や余韻を残す用法。

・常ならぬ～連語「常ならず」の連体形。並大抵でないほどの、並々でない、普通と違っている、の意味。ここは、もののあはれや情趣、風流を解する「情け」ある人を言う。

❖深く染めけむ～下二段他動詞「染む（メ・メ・ム・ムル・ムレ・メヨ）」と四段自動詞「染む（マ・ミ・ム・ム・メ・メ）」がある。下二段他動詞は、a．染める、b．心を深く寄せる、傾ける、四段自動詞は、a．染まる、色づく、b．心に深く感じる、とお互いに照応する意味を持つ。本歌の場合は、下二段で、b．の心を熱くさせるの意味。

❖けむ～過去の事実推量や事実の原因推量の助動詞「けむ」は、「…しただろう」「どうして…したのだろう」「…したのは、～だったからだろう」等の使い方をする。この場合は、第四句・第五句「いかに……染めけむ」から「どのようにして染め上げたのだろうか」の意味。

また、「けむ」は話者や作歌者の主体的な感情や気持ちを表すため、必ず他の助動詞より最下位に付き、本歌のように文末かそれに準ずる位置に付く等、用法も活用形も狭い範囲に限られる。

⑩C

この長月晦方《つごもりがた》の頃、花々田のところどころはあはれげに咲き匂《にほ》へり。

❖たれに見せ　たれに知らせむ　山の田の　あはれに渡るも　増さるこひしも

現代語訳

この九月の終わり頃、田んぼのところどころは彼岸花がしみじみと趣深い感じでお色目美しく咲いています。

❖一体誰に見せ、誰に知らせたら良いのでしょうか。山あいの田んぼにしみじみと趣深く咲き渡る花々のことも、そして、それを眺めて増していく私の恋心のことも。あの人がここにいないのは、寂しい思いがすることです。

参考

・日々の生活で美しいと眺めた光景を、『更級日記』の本歌取りから創作。

・咲き匂ふ〜咲き乱れる、色美しく咲く、の意味。「にほふ」は、色美しく映えるの意味がある。

❖あはれに渡るも　増さるこひしも〜二つの「も」は、係助詞で、列挙・添加・並列を示す。あれもそうだし、これもまたそうだ、という感じ。「し」は副助詞で、強調を表す。つまり、田に咲き誇る花々もそうだが、私のこの気持ちは尚更一層そうだ、という意味。

「増さる」は、思いが深く募ることを示す。

神無月

十月

①B

かつは契り置く宿世《すくせ》こそはべりけめ、かつは昔の縁《え》にこそはべるらめ、君慰めたまはずは、今も消《け》ぬべき露の命を。なほはかなき事をも。

❖二糸を　いかでせばやと　撚《よ》り結び　逢ひ語らへど　玉の緒《を》ばかり

現代語訳

お約束した前世からの宿縁があったからなのでしょうか、または古《いにしえ》からの縁《ゆかり》があるのでしょうね。

あなたが私をお慰めくださらないと、古歌にございますように、今にも消えてしまうような露となるこの私はどうしたら良いのでしょう。それでも、取るに足らない御歌でも、と思いまして。

❖私達の二つの糸を何とかできないかしらと撚り結んだところ、会ってお話ができるようになりました。けれども、そのお時間のほどは、ほんの玉の緒だけの短い逢瀬なのです。

参考

・契り置く～（大切な人と）約束しておくの意味。文月の章、①を参照。「置く」はこの後の「露」の縁語。現代でも「露や霜が置く、葉に置いた露」等と使う。
・宿世～前世からの決まり事や宿命、宿縁。
・かつは～副詞で、一方では、一つには、の意味。対句にして二つの事柄の並存を示す。
・消《け》ぬ～消えてしまう。「消《き》ゆ」の連用形「消《き》え」が変化した「消《け》」に、完了の助動詞「ぬ」（ここは終止形）が付いた形。「露」の縁語。
・今も消ぬべき露の命を～皐月の章、②と同じ表現。今も消ぬべき露の命を（いかがはせむ）、と続く気持ち。いかがはせむは、連語で「どうしたら良いでしょうか、どうしようもありません」の反語。
・露の命～朝露のように、儚い僅かな命、の例え。
・現代語訳にある古歌とは、『後撰和歌集』恋六・詠み人知らず「なぐさむる言の葉にだにかからずは今も消ぬべき露の命を」を踏まえる。
・はかなきことをも～「はかなし」この場合は、大した事もない、つまらず取るに足りない、たわいもないの意味。「はかなきことをも（聞こえむ＝申し上げましょうか）」と続く気持ち。

❖二糸～例えて、あなたと私、二人の気持ち。

❖いかでせばや～「いかで…意志や願望」の形を取り、「何とかして、是非とも…したいものだ」。

「せばや」は、サ変動詞「す（…する）」の未然形「せ」＋控えめな願望の終助詞「ばや」。

❖語らふ～単にお話しするという意味ではなく、繰り返し語る意味から、親密に特定の大切な人と話す、親しく語り合う、転じて、親しく付き合う関係を示す。

❖語らへど～「ど」は逆接の確定条件を示す。「…したところが、…したけれども、したのに」。親しくお話ができたのに、の意味。

❖玉の緒《を》ばかり～玉をつなぎ止める細いひもの意味。和歌では、短く儚い事や少しの短い間、の例えで用いる重要語。「玉の緒ばかり」は名文句。百人一首でも「玉の緒よ絶えなば絶えね…」とつとに知られる。「ばかり」は、限定を示す副助詞で「…だけ、…のみ、たった…にしか過ぎない」の意味。

❖漸く親しく語り合えたのに、あっという間に時は過ぎて、もうお別れしなければならない、という切なく哀しい気持ちを示す。

②A

神無月の五日頃おはしましたり。いとあはれなることの限りのたまひしに、いたう引き入り難《がた》き節々はべりて、口惜《を》しからざなればいらへ等するを、をりから見出《いだ》せば、月も曇り曇りて打ち降りそぼちたり。
宮、吾《あれ》伏したるやうにて思ひ渡れるをいとどあはれとご覧ずめりて、「いと白く清らなる有りつる月影忘れやはべる」とのたまひしに、夜の気色《けしき》づくことといとど増さりけり。「さらにをかし」と思《おぼ》しめして、

❖夢ばかり　片時とても　手枕《たまくら》は　心離《はな》るる　やははべらまし

現代語訳

宮様は、十月五日ほどにお越しになりました。たいそうしみじみと心を打つこと、あるだけ全部を仰ったので、私が部屋の奥にとても引き込んではいられないような折々がございまして、残念でがっかりという事もない宮様のご様子です。私はお返事等をするのですが、丁度その時、お部屋の中から外を眺めますと、すっかり雲が掛かって、雨で辺りはひどくびしょ濡れになってきました。

宮様は、私が横に伏している様子で、あれこれと思い続けるのを、ますますいじらしいとご覧になったご様子です。そして、「先程の月下に見えた、たいそう白く上品で美しいあなたをこの私は忘れましょうか、いや、忘れはしません」と仰ったので、夜の雰囲気や様子が深く表れ、そ

れが一段と増していくのでした。なお一層趣深い、とお思いになられて（お詠みなさったのは）、

❖ほんの僅かの一夜ばかりの夢、これがほんの僅かな片時といっても、あなたとの手枕の袖をこの後も心離れる時があるものでしょうか、いや、それはないことです。

参考

・『和泉式部日記』を鑑賞しての、本書作者の創作。
・おはしましたり～「私（媛御前《ひめごぜ》）の所へいつもお通いになる宮様（親王様）がいらっしゃった、お越しになった」。「おはしましぬ」とほぼ同じで、「ぬ」は完了の助動詞「ぬ」の終止形。「たり」は同じく、完了の助動詞「たり」の終止形。
・あはれなる事～しみじみとした情趣深い事。
・…のかぎり～…を全部。
・いたう～副詞「甚《いた》く」のウ音便。動詞「はべり」を修飾。「とても、甚だしく…ございまして」。
・引き入り難き～「引き入る」は、遠慮する。それが、「難き」＝難い、という否定形なので、容易でなく、なかなかできないという事で、「遠慮したいというのではない」。
・節々～ところどころ、あれこれ。
・はべりて～丁寧語の本動詞「はべる」の連用形「はべり」で、「…がございます」。

・口惜しからざなれば〜「残念でがっかりという事もないご様子なので」。「ざなれ」は、ざんなれと読み、「ざるなれ」の撥音便「ざんなれ」の「ん」を表記しない形。「ざる」は打消の助動詞「ず」の補助活用連体形。「なれ」は伝聞と聴覚推定の助動詞「なり」で、「聞いた感じは、…だ」の意味。「ざるなれ」の元の形は、「ざるなり」である。「なれ」と已然形なのは、直後に順接の確定条件の接続助詞「ば」が付くため。この「なり」は、ラ変型活用にはウ段音の連体形「ざる」の接続なので、「ざる＋なれ」となる。

因みに、な（ん）なり、あ（ん）なり、べか（ん）なり、た（ん）なり等、撥音便を起こした活用語の直後に付く「なり」は全て、伝聞推定の助動詞「なり」である。

・をりから〜丁度その時。

・見出す〜部屋などの内から外を見る。その逆に、平安時代の慣習で、男性貴族が透垣《すいがい》等から、邸内にいる心ときめく女性を覗き見したのが、外から内を見る、「見入る」。

・曇り曇りて〜すっかり雲が掛かり。

・降りそぼつ〜雨でびしょ濡れになる。

・吾、伏したるやうにて〜私が横になっている様子で。「やう」は様《よう》。

・思い渡る〜あれこれと思い続ける。尊敬語がないので「吾（私）」の行為。

・いとどあはれと〜私の事をますますいじらしいと。

・ご覧ずめりて〜「ご覧ず」は見るの尊敬語。「めり」は視覚推定で、「見た感じ…とご覧になっているようだ」の意味。
・「忘れやはべる」～忘れる事はないでしょう。「や」は反語の係助詞。「はべる」は、「…ております、ます」で、丁寧の補助動詞。
・夜の気色づく～夜の雰囲気や様子が現れる。
・いとど増さりけり～「ますます増していくのでしたよ」で、「けり」は詠嘆の助動詞「けり」の終止形。
・さらにをかしと思しめして～「さらに」は付加で、その上、重ねて。「ますます興趣が深くなった、とお思いになられてお詠みなさった事は」。
❖夢ばかり～ほんのちょっと、の意味の連語、連句。同時に「一夜ばかりの夢」の意味も掛ける。

❖片時とても～ほんの僅かな片時といっても。「…とても」は連語で、「…とて（…といっても）」と同じ。

❖手枕《たまくら》～手枕は肘を曲げて枕にする所作から、通い婚の共寝を意味する。手枕の袖とは、伸ばした腕の袖に伝う涙や、袖の移り香《が》等を指す。

❖心離るる　やははべらまし～「やは」は、「心離れる時があるものだろうか、いや、ないことだ」の反語の係助詞。これは、宮様から私への返歌。

「心離るる」は、下二段自動詞「心離《はな》る」の連体形で、「心離るる（時）」の意味の準体法。「やは」は、反語の係助詞。「はべる」は、丁寧の本動詞で「そのような時があります、ございます」。「まし」は推量の助動詞で、この場合は反実仮想ではなく、ためらいの意味「…離れるかしら、だろうか」だが、「やは」のために反語で否定される形。

③A

「いつかおはしまさむ」と問ひ聞こえさせて「とくまゐりはべり」とのたまはするに、そののちもなほ間遠《まどほ》なり。「何かは。つつましうさぶらはまし。ここには、

❖秋の野に　宿からませば　君の音《ね》を　たづぬるままに　聞きまうさまし

と思ひたまふれど、御言《おん》の葉つゆはべらずは露」と聞こえさせたり。

現代語訳

「いつお越しになるのかしら」とお問い申し上げて、「直ぐにお伺いします」と仰るのに、その後も若宮様のお越しはまた間がかなり空いてしまいました。「いいえ、宮様がお越しにならないの

で、今はもう何とも……。もうお問い申し上げはしません。私の気持ちとしては、

❖もしも秋野で庵《いおり》の宿を借りたとしたら、宮様がお越しになると同時に、そのおとないを私は直ぐさまお聞き申し上げる事でしょう。ですのに、実際は、その庵に宮様がお越しになる事もなく、心から残念に思います。

との思いをさせて頂いております。ですが、宮様から何のお言葉もないので、古歌にある、秋野の庵露《いおりつゆ》のように、直ぐにも消えてしまうこの私です」と使者を通して申し上げさせた。

参考

・『和泉式部日記』を鑑賞しての本書作者の創作。
・間遠～時間や空間の隔たりが遠く離れている、の意味。この場合は、お越しになる間隔。
・何かは～感動詞で、どうしてどうして。いやぁなに。の意味。予想に反した場合に驚いて言う語。いやはや、何とも。この場合は、宮様が予告しておいてなかなか訪れないので、ちょっと意外、という気持ち。
・つつましうさぶらはまし。～この場合の助動詞「まし」はためらいの意志を表す。今は遠慮しようかしらと思います、の意味。

・ここには〜「ここには、…と思ひたまふれど」でひとまとまり。「私の気持ちとしては、…と思っているのでございます」の意味。歌文融合のスタイル。
「たまふれど」は、下二段活用・謙譲の補助動詞「たまふ」の已然形「たまふれ」＋逆接の確定条件を示す接続助詞「ど」で、「…でございますけれども、…でございますのに」。

❖本歌の「Aませば、Bまし」は反実仮想。「もしも庵の宿を借りたとしたら、お越しになったあなたの足音を直ぐさま私はお聞き申し上げるのに、今は庵へのお越しもなくて残念です」の意味。「聞きまうす」は聞き申す。謙譲語で、お聞き申し上げる。

❖…ままに〜…すると同時に、で連語。
・御言の葉つゆはべらずは露。〜「つゆ…否定語」で、「全く…ない」の完全否定。続く「露」は、『後撰集』恋六・詠み人知らず「なぐさむる言の葉だにかからずは今も消ぬべき露の命を」を踏まえる。御言の葉云々は、「あなたから何のご様子もないので、古歌にある秋野の庵露のように、今にも消えてしまうこの私なのです」の意味。
・と聞こえさせたり〜お付きの者、御随身《みずいじん》を通して若宮様に申し上げさせた。「聞こえ」は謙譲の自立動詞「聞こゆ」の未然形「聞こえ」で、「…と申し上げる」の意味。「させたり」は、使役の助動詞「さす」の連用形「させ」＋完了の助動詞「たり」の終止形。

④C

去年《こぞ》の度《たび》、神無月二十日《はつか》、をとこ、たらちねの母、一歳《ひととせ》ばかりなる乳児《ちご》、三歳《みとせ》なる童《わらは》とあひゐるが、いといみじう語らひたまへり。離《か》れたる吾《あれ》、あるやう見つつ思ひ出《い》づる、吾小《ちひ》さきをりの懐かしき公達《きんだち》なり。

あなに、古《いにしへ》の事も立ち返《かへ》り、いとど恋しう物思ひ増さるは、「お心ばへ、かたじけなうはべり。そよや、内《うち》見せむにいざたまへ、こなたざまにおはしませ」と宣《のたま》はせて、車台《くるまだい》に吾を誘《いざな》ひたまへり。

あなかしこ、いかがおぼし召してかやうに物したまひける。年ごろ経《ふ》れど、今は来《き》し方夢に成さばと覚えて、

❖来し方の　人を待つべく　端《は》に立ちて　うつつに成さば　語らはましと

現代語訳

昨年の事、十月二十日の折、機関士さんと、一歳ほどの赤ちゃんと三歳くらいの男の子を連れたお母さんが、とても親しそうにお話しなさっています。離れた所の私が、その様子を見て思い

出したのは、私が幼少の時分、心寄り添わされるお方、あなた様なのです。

本当に、遠い昔のこともその時に戻って、心に結ぶばかりに思いが募ることは、「親切に有り難う。そうだ、機関車の中を見せてあげるから、さぁ、おいで。こちらに入って」と仰って、子供だった私を運転台にお誘いくださいました。

あぁ、本当に懐かしい、あのお方は一体どのようにお思いなさって、このようになさったのでしょうか。「幾年も経ってしまっても、今は、昔の出来事を目の前の夢にできれば」と自然に思われて、

❖過ぎ去ったあの日の懐かしいお方を待とうと思い、プラットフォームの端に立って思うのは、もしもあの日を今の事にするのならば、またお話ができるのにと。

参考

・詞書きの「夢」と和歌の「うつつ＝今の現実」とは同じ意味で用いている。
❖うつつに成さば　語らはましと～「仮定条件A、Bまし」の形で、「もしも今Aだったら、Bだろうに、Bなのに。（現実はそうではない）」の反実仮想の修辞法。四段動詞「成す」は、「別のものに変える、…にする、ならせる」の意味。全体では、「もしも過ぎた日のことを今の現実に変えられるならば（仮定条件）、親しくお話ができるのに（実際はそうではなく、悲しいば

かりです)」となる。

❖語らふ〜第二義の「親しく語り合い、付き合う」。ここでは、特定の人に心を開いて親しく語り合う場面に重点を置いた意味・用法。

⑤B

なほいみじうあはれにもおはしましけるかなとて、紫の巻《まき》の浮舟《うきふね》の心地しつつ、

❖あがために　散り染めたりし　袖小花《こばな》　振らであらなむ　さのみやはとて

❖をみなへし　散り染めたるは　あが小袖　散らであらなむ　さのみやはとて

現代語訳

「何といってもやはり、本当にしみじみとして趣深いお心持ちでいらっしゃったのねぇ」と思い、『源氏物語』の浮舟女君《めぎみ》の気持ちになりながら、

❖折り取ったをみなへしの小花をあなたが散り染めた先は、私の小袖でした。折角咲いているお花なので、枝からは振り散らないでほしいとは思いますが、花を袖に受け、笑みが浮かぶ私の本心はそうなのでしょうか？　いいえ、もっと沢山散り落ちて、あなたの心花によって、袖が美しくなってほしいと願うこの私なのです。（二首共通）

参考

・心地しつつ～「つつ」は、複数の動作・状態を並行して行う意の接続助詞。浮舟の気持ちになりながら、作歌する。

・おはしましけるかな～「ける」は、過去の事実に対する驚きや詠嘆の助動詞「けり」の連体形。「かな」は感動と詠嘆の終助詞。この場合は二重用法。「かな」は連体形に付くので、連体形「ける」となっている。

⑥A

十六夜《いさよひ》の頃、天《あま》の海《み》のあるやう、いとめでたしと覚ゆれど、さりとも心細さなほ増しぬるままに、誠にわびしと御《おん》とぶらひ待ち侘《わ》びたり。帰《かへ》りまゐる小舎人童《こどねりわらは》に聞こゆ。

❖待たましも　かやうにこそは　あらましか　百日《ももか》の心地　したるをりから

現代語訳

十六夜の月の時分、広く青みがかった空の様子はとても素晴らしいと自然に思われます。が、そうであっても、心細さがさらに増すのにつれて、あのお方のお越しを待ちくたびれていました。宮中に帰る小舎人童に申し上げさせました。

❖待つとしたならば、こんな風に辛い気持ちになるのでしょうか（でも実際には待っていないので、こんな気持ちにはなりませんが）、丁度今は待つことが長く、もう百日ものような長いお時間だと思っています。

参考

・『和泉式部日記』の主題から、若き日の菅原孝標女《すがわらのたかすえのむすめ》が憧れて夢見た場面を、本書作者が創作。
・十六夜の頃〜ここは、陰暦十月十六日の十六夜の月の頃。

・天の海～青く広大な大空。あまのはら。あまみ。
・あるやう～ありさま、状態。
・おぼゆれど～接続助詞「ど」は、逆説の確定条件で已然形接続。…けれども、のに。
・さりとも～接続詞、そうはいっても、それにしても。然《さ》有り共。
・増しぬるままに…四段「増す」の連用形「増し」＋完了の助動詞「ぬ」の連体形「ぬる」＋連語「ままに＝…するのにつれて」
・わびし～期待外れでがっかり、切ない。　・御とぶらひ～ご訪問。
・帰りまゐる～宮中など尊い所に戻る。　・小舎人童～公家に仕える召使いの少年。

❖「Aましも、Bまし」～反実仮想と考える。「Aだったら、今はBだろうに」。已然形「ましか」は係助詞「こそ」の結び。

❖百日～とても長い間、の異称。

❖したるをりから＝したるは今も～サ変動詞「す」の連用形「し」＋完了の助動詞「たり」の連体形「たる」。をりからは「丁度その時」。

❖この平安女流作家は、実際には待ち疲れるほど待っているのだから、本歌の反実仮想はまるで意味が通らない。が、「お越しをお待ちしているわけではない」との強がりが心の中で前提になっていると考える。

⑦C

諸共《もろとも》におはします世の常ならぬ人詠みたまひし、

❖山ぎはの　はるばる渡る　夕枯野　眺むるままに　そこばく過ぎぬ

現代語訳

ご一緒させて頂いた、情趣や風流を解するあるお方が詠んだ事には、

❖山々の稜線の際《きわ》から空が広々と続きます。そこに見渡せる夕枯野を目の当たりにしまして、ぼんやりと物思いをしていましたら、いつの間にかこんなにお時間が過ぎてしまいました。あなたと一緒に沢山過ごせて、こんなに幸せな私です。

参考

❖眺むるままに～この「眺む」は、物思いに浸る、物思いをしてぼんやり過ごす、の意味。連語「ままに」は、ある事態の成り行きに任せる様子を表し、ここでは「物思いに耽《ふけ》っているのに

任せていたら、物思いをするそのままにしていたら、時が過ぎてしまった」の意味。「ままに」は、体言や連体形が付く。

❖そこばく～若干や幾許と書き、相当に数量や程度の多い事を指す副詞。ここでは相当長い時間が過ぎた事を意味する。同義語には、そこら、ここら、ここだ、ここだく、がある。

⑧C

異時《ことどき》の懐かしき公達《きんだち》、只今いかがおはしますらむ、いとをかしうも聞こし召さなむとて、

❖端《は》に立ちて　いとど物思《も》ふ　呼ぶ人の　ゐみさかゆるを　面影にして

現代語訳

「あの当時の心から慕わしいあなた様、今のこの時、どうしていらっしゃいますか。たいそう趣深くお聞きになられてほしいものです」と思い、

❖プラットフォームの端に立って、お慕いする気持ちが一層強くなります。汽笛で私を呼ぶあのお方が笑顔いっぱいになるのを面影に見つめながら。

参考

・異時《ことどき》の懐かしき公達《きんだち》～本章の④を参照。この公達は、尊敬の二人称代名詞的用法。

・いかがおはしますらむ～「いかがあらむ」を「あり」の尊敬語「おはします」に代えて、敬度を高めた形。副詞「いかが」は、相手の様子を心配して伺う気持ちを表す。続いて、「おはします」の終止形＋現在推量の助動詞「らむ」の連体形。終止形ではなくて連体形なのは、「いかが」が元々は、係助詞「か」を含む疑問の副詞であるため（いかにか↓いかんが↓いかが）、係り結びの法則により活用語末尾は連体形になるから。因みに、「いかがあらむ」は、「あり」の未然形「あら」＋推量の助動詞「む」であるため、「らむ」とは無関係。

❖二句から前と、三句から後は、意味上の倒置関係。

❖いとど物思ふ～「いとど」は副詞で、極端さがより一層進む様子を表す。ますます、一層、いよいよ、更に。この場合は、懐かしく慕う思いが更に一層募る気持ちを示す。物思ふは「物もふ」とも「物おもふ」とも読む。物思いにふけったり、思い悩んだりする事。

❖ゑみさかゆ～下二段動詞で、満面に笑みを湛《たた》えるの意味。同じ意味で「ゑみ広ごる」があるが、本歌では濁点を避けて「さかゆ」を選んだ。

⑨C

いかやうにかはべらむ、さらにまだ見ぬさまなりとて、

❖甘き風　薫《た》き薫《かを》る香《かう》　とこしへに　渡るべかなり　頼み聞こえむ

現代語訳

「どのような感じの物なのでしょうか、まだ一向に見た事がない様子だわね」と感じて、

❖香しく甘い香《こう》を薫き込むというモイストポプリは、いつまでも辺りに香の香りが漂うはずだそうですから、是非ともそれに期待したいですね。

参考

・いかやうにかはべらむ～形容動詞「いかやうなり」の連用形「いかやうに」は、どんなだ、どのようだの意味。本作の「はべらむ」のような推量表現を伴う。「か」は問い掛けの係助詞で、係り結びの法則により、活用語の末尾は連体形で結ぶので、「はべらむ」の「む」は連体形。

・さらに～「さらに…打消語」の形で、「全く、全然…ない」の完全否定の意味になる。「さらに…見ぬ」で、「ぬ」は打消の助動詞「ず」の連体形。連体形なのは、直後が「さま」という体言があるため。

❖渡るべかなり～「渡るべかるなり」の撥音便「渡るべかんなり」の「ん」を表記しない形。「べかんなり」と読む。「…はずだそうだ、…しそうな感じがする」の意味。推量の助動詞「べし」の補助活用の連体形「べかる」＋伝聞推定の助動詞「なり」の終止形。

❖頼み聞こえむ～当てにし申し上げよう。「聞こえ」は、謙譲の補助動詞「聞こゆ」の未然形で、「…し申し上げる」の意味。「む」は、意志と希望の助動詞「む」の終止形。

霜月
十一月

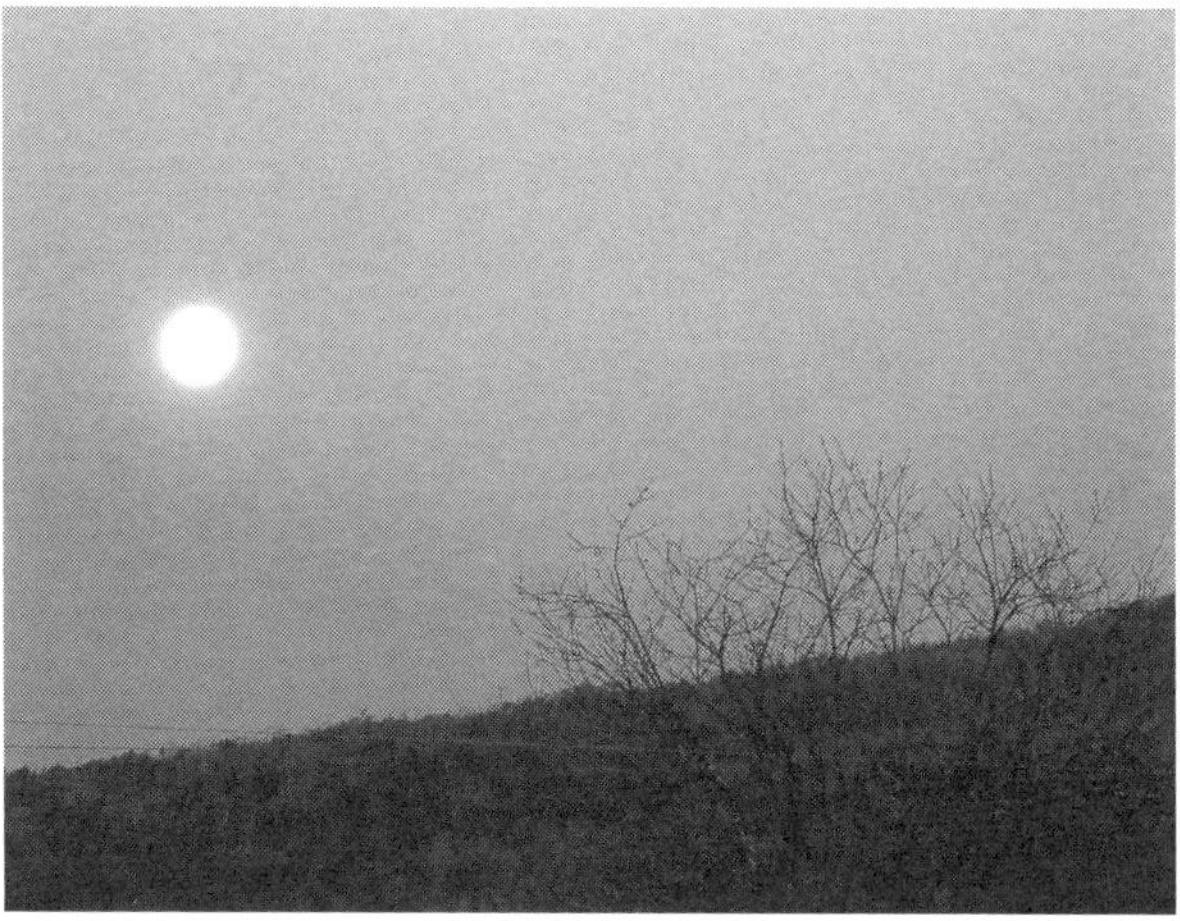

①A

この霜月二十日《はつか》余りの頃、御簾《みす》より半《なか》ば出《い》でて小袿《こうちぎ》の袖を漬《ひ》てつつ、言へば更なりと独りごちて、返《かへ》り事に、

❖頼めしを　なほや待つべき　夜半《よは》の月　頼まぬものの　かけて忘れず

現代語訳

この十一月二十日過ぎの頃、御簾から身を半分ほど出して、小袿の袖を涙で何度も濡らしながら、「私の気持ちは今更あなたに言うまでもありませんね」と独り言をつぶやいてから、あなたへのお返事として、

❖お約束くださっていたのに、もう宵の月から夜半《よわ》の月になってしまいましたけれど、それでも待った方が良いのかしら。もう今は当てにも期待もしていないと思いつつ、決して忘れることはなく、あなたを思いながら今も過ごしています。

参考

・本歌取りは、『新古今和歌集』恋歌三・千二百七、『伊勢物語』二十三段・筒井筒「君来むといひし夜ごとに過ぎぬれば頼まぬものの恋ひつつぞ経《ふ》る」から、本書作者の創作。

・御簾～宮中や貴族の住まい等で部屋の内外を仕切るのに使われた簾《す》の丁寧語。ぎょれん、とも読む。

・小袿～平安時代以降、女性貴族が唐衣《からごろも》に代えて裳《も》と共に着用した広袖の上着。袿《うちぎ》より裾短で、日常着または準礼装。

・漬てつつ～下二段の他動詞「漬つ」は、何かを浸す、濡らすで、その連用形「漬て」に、「幾度も…して」の動作反復の接続助詞「つつ」がついた形。もちろん、濡らすのは袖の涙。四段または上二段自動詞の「漬つ」とは、使い方が異なる。師走の章、①参照。

・言へば更なり～今更言うまでもない、言うに及ばない、もちろんである。「言ふも更なり」「更なり」と同じ。口に出して言うと今更という感じがする、が原義。改めて言っても仕方がないほど、誰でも分かる。
この場合は、「私の今の気持ちを改めてこの歌にするまでもなく、あなたはもちろんご存じのはず」の意味。

❖頼めしを～下二段他動詞「頼む（頼みに思わせる、約束して当てにさせる）」の連用形「頼め」で、これに過去の助動詞「き」の連体形「し」が付いた形。「約束して当てにさせた事」。この下二段動詞は、平安時代の男性が女性に約束して期待させる、という特別な意味を持つ。弥生の章、③参照。また長月の章、⑦の本歌取りのように、女性同士で約束して期待させる作例もある。

❖なほや待つべき〜「や…べき」で、疑問や問いかけの係助詞「や」の後は、係り結びの法則により、文末の活用語は連体形（ここは、べき）で結ぶ。「待つべき夜半の月」と月に掛かるから連体形、ではない。「それでもまだ待たなくてはいけませんか？」という気持ち。ここでの「べし」は、義務や命令の助動詞で、…しなければならない、いけない。

❖「頼まぬ」は、四段動詞「頼む（信頼する、当てにする、期待する）」の未然形「頼ま」で、これに打消の助動詞「ず」の連体形「ぬ」が付いた形。「当てにはしない」。

❖ものの〜逆接の確定条件の接続助詞で、「とはいうものの」「念を入れてはみたものの」等と現今でも同様に使う。全体では、「当てにしないと言いながらも、あなたが約束したので、私はやっぱり当てにする」。

❖かけて＝懸けて〜「心に留めて、忘れないように心を向けて」の意味と、「かけて…打消語（ここでは、ず）」で、「決して〜ない」の副詞の意味を兼ねる掛詞。

②B

そのつとめて、辺《わた》りの霧晴れぬ先に、この今帰《かへ》り出《い》でたまはむとて、内《うち》よりものしたまふ御《おほん》あるやう見遣りつつ、ほど経《ふ》れば聞こえさせたり。

❖つかの間の　夜《よ》のなごりとて　草に置く　ほの打ち霧《き》れる　通ひ路の露

現代語訳

その日の早朝、「辺りの朝霧が晴れないうちに、もう帰る事にするよ」とあなたは仰って、私は家をお出になる御姿をお見送りし、お見送りし続けて、やがて時も経ったので、使いの者（御随身《みずいじん》）に申し上げさせた事は、

❖お見送りしてからぼんやりと物思いに耽っていますと、短い間の一夜の名残の気持ちとして、微《かす》かに霧が立ちこめるあなたの通い道は、草に置いた露できらきらしていることです。

参考

・弥生の章、③の春の続編として、本書作者が創作。

・出でたまはむとて〜相手の男性が自分に敬語を使ったのではなく、ここは女性から見ての敬意表現なので、尊敬の補助動詞「たまふ」で「出でたまはむ」となる。実際に男性が言ったのは「出でむ」。

・「つかの間」「打ち」「ほの」〜少し、僅かを意味する「露」の縁語。

・経れば〜下二段自動詞「経《ふ》」の已然形「経れ」＋順接の確定条件の接続助詞「ば」で已然形接続。あの時から時間も過ぎたので、の意味。

❖草に置く〜第五句の露の述語で、倒置。「通い道で、露が草に置く」

❖ほの打ち霧れる〜詞書きにある「霧」は名詞だが、本歌では四段動詞「霧《き》る」で、霧が立つ、の意味。現今では「霧が掛かる」等の形で名詞のみが残り、動詞「霧る」の用法は消滅した。

❖霧れる〜已然形「霧れ」＋完了・存続の助動詞「り」の連体形「る」で、この助動詞「り」の前は、「たまへり」や「立てり」等、常にエ段音が接続する。本歌は、四段動詞の已然形で「霧れ」のエ段音接続。連体形「る」となるのは、直後の名詞「通ひ路の露」に掛かるため。この「り」はエ段音、即ちサ変動詞の未然形「せ」と四段動詞の已然形にしか接続しない。この制約のため、平安時代以後は次第に使われなくなり、同じ完了存続の助動詞「たり」が多用された。「見たり、聞いたり」等の形で現今に残る。

③C

霜月晦《つごもり》のほど、織部《おりべ》の庵《いほり》の立蔀《たてじとみ》より打ち見出《いだ》したれば、いみじう高き枝《え》に紅葉《もみじ》葉《ば》のなほこれまで残れるを思ひ出《い》づるにも、

❖残り枝《え》に　未《ま》だ散らざりし　濃きもみじ　いづれの紅《あか》も　今落ちぬらむ

現代語訳

十一月の終わり頃、織部庵の立蔀から、何とはなく外を眺めたところ、たいそう高い枝に紅葉葉で、まだこの時まで残っていたのを思い出すのにつけても、

❖冬の紅葉が終わった枝に、まだ散り落ちていない濃い色の紅葉葉が見えました。でも今この時には、どの赤色の葉も散り落ちてしまっているのでしょうね。

参考

・立部～細い木を縦横に組んで格子にし、裏面に板を張った調度。庭に置いて風除けや目隠し、

また屋内に置いて衝立《ついたて》にした。現今の雨戸に相当。
・今落ちぬらむ～「らむ」は現在推量の助動詞で、視界外の直接見聞きしていない離れた場所での現在の様子についての推量「今頃は、…しているだろう」を示す。「今の私は織部庵にはいないけれど、あの時に眺めた残り葉は、今は散り落ちてしまっていることでしょう」という気持ち。

④C

霜月、中の十日《とをか》の頃ほひ、思ふどち二人、明月院に詣《まう》でたるに吾《あれ》詠める、

❖さやけさは　添へし花木の　竹筒に　あはれなりしの　明月の露

現代語訳

十一月中ほどに、気の合う私達二人が明月院に参詣した折に、私が詠んだ事には、

❖竹筒に差してある風流な花木の、その清く澄んだ清々しい様子がどこから来るのかと思いましたら、しみじみとした情感を胸に感じることのできる明月院の露からなのでした。

参考

・明月院～鎌倉市山ノ内にある臨済宗建長寺派の寺。境内にアジサイが多い事で、つとに知られる。本書作者が実際に友人と訪れた経験を元にした創作。

・あはれなりしの～「あはれなりし（様＝ありさま）の」と補う気持ち。

・明月の露～体言止めは平安時代以降の修辞法。日本語は「…です」のように用言で終わるのが普通なので、体言で終わる時は続きが省略されている、と考える。この場合は、「さやけさは名月の露（より来たりき）」。この（　）内の言葉を読者に想像してもらうという、言い切らないでその先を想像に任せる効果の省略法は、新古今調。

詠嘆表現の一つであり、余情を漂わせて柔らかい気分を出す事ができる。露は、儚く短い様子の例えで、この時のさやけさも同様である事を示している。

⑤C

霜月初めつ方のほど、目の当たりかやうなる気色《けしき》見ゆるままに覚ゆる、異時《ことどき》のいといみじう懐かしき公達《きんだち》なり。いつはあれど、例の待ち渡らむとて、

❖畦道の　水鏡《みずかがみ》見し　翠《みどり》田の　刈り果つるまで　待ち渡りけり

現代語訳

十一月初めの頃、目の前にこちらのような情景が見えるのに任せて心に思い出されるのは、以前の折の、たいそう心から慕わしいあなた様の事です。取り分けて、「いつものようにあなたが来るのを待ち続けよう」と思い、詠んだのは、

❖畦道の水鏡が見えていた翠色の田んぼの稲が、こんなにすっかり刈り取られてしまうまで、あなた様を待ち続けていました。季節だけが過ぎ去って行きましたが、今も待ち続けています。

参考

・神無月の章、④と⑧の続編として本書作者の創作。

・初めつ方～「つ」は「の」の意味の上代（奈良時代やその前後）の格助詞。月初めのかた、初旬。

・かやうなる～形容動詞「かやうなり」の連体形。こちらのようだ、この通りだ。具体的には、本歌に描写された水田の情景。

・気色～視覚でとらえる人や自然の様子全般。人では、表情や態度、機嫌、気分、心地。この場合は物で、様子や景色、趣、兆し等。きしょく、と読むのは中世の鎌倉時代以降。

・公達～貴公子、若君等に加え、尊称の代名詞で、あなた様やあなた様方。

・いつはあれど～連語で、いつもそうなのだが、取り分けて、の意味。副詞の「とりわきて」と同じ。

・例の～「例の…動詞などの用言」で、いつものように、例によって…する、の意味。

・待ち渡らむ～「待ち渡る」は、長い間に渡って待ち続ける、の意味で、「渡る」は、時間的持続を意味する補助動詞。「む」は、話し手自身の意志を示す助動詞「む」の終止形。

・刈り果つる～「果つ」は、すっかり…してしまう、…し終わる、の意味の補助動詞。「果つる」は、その連体形で、「刈り果つる（折）まで待ち渡りけり」と補う気持ち。

・待ち渡りけり～「けり」は詠嘆の助動詞「けり」の終止形で、この場合、待ち続けていた過去の自分の動作に改めて気が付いて「長い間待っていたわねぇ」と感じ入る自身の様子を表わす。

⑥B

「何か。なほ聞く甲斐《かひ》なくははべらずかし。ここには、

❖玉襷《たまだすき》　懸けて（掛けて）忘れじ　君の衣《きぬ》　乾く間も無し　あが袖の露

と思ひたまふるをいとどあはれとご覧じなほされにしがな」

現代語訳

「いえ、そんな、どういたしまして。それでもやはり、あなたのお話は聞くに値すると感じています。そんな私からは、

❖玉襷を掛ける、ではありませんが、懸けても決して忘れないのは、お部屋に掛けたあなたの衣《きぬ》ご

ろもの温もりです。その一方、私の袖の涙露は一向に乾く間もありません（和歌はここまで）、と思わせて頂きますのを、一層いじらしいとあなたにお思い直しになって頂きたいのです」

参考

・何か～前言や相手の謙遜を否定する感動詞。「何かは」とほぼ同じ。いえいえ、そんな。とんでもありません。どういたしまして。どうして、どうして。

・なほ聞く甲斐なくはは べらずかし～それでもやはり、聞くに値すると感じていますよ。甲斐なし＝無駄である、甲斐がない、どうしようもない、ふがいない等の意味。それが「はべらず」で否定になり、相手への褒め言葉になる。「かし」は念押しの終助詞。

平安時代の女流文学では、いみじ、をかしなど直接表現も使われるが、「あらず」等の否定を用いた、このような遠回しに述べる婉曲表現が好まれる傾向がある。

・ここ（一人称代名詞）には～本歌の後の「と思ひたまふるを」に掛かる。「私が……と思いますのを」の意味。歌文融合のスタイルで、四角囲みの全てが手紙文。

❖玉襷　懸けて（掛けて）忘れじ～玉襷を掛ける、懸けて（決して）忘れじ、の掛詞。「懸けて…打消語」で「決して…ない」の全否定。襷は肩やうなじに掛ける、掛く事から、玉襷は「かく」を導く枕詞。また、部屋に掛けた衣《ころも》の意味も掛ける。

・思ひたまふる〜下二段謙譲の補助動詞「たまふ（…させて頂く）」の連体形「たまふる」で「思わせて頂くのでございます」。話し手が自分の動作を低めて表すかしこまりの用法。
・ご覧じなほされにしがな〜「ご覧ず」の連用形＋「なほす（直す）」の未然形「なほさ」＋尊敬の助動詞「る」の連用形「れ」＋願望の終助詞「にしがな」（連用形接続）。「私をいじらしいとお思い直しになって頂きたいのです」。

⑦B

「げに、いとをかしうおはしまして。ここには、由《よし》なき事をも」と独りごちて、

❖袖濡るる　朝月夜《あさづくよ》とは　知りながら　なほ待つべしや　夕月夜《ゆふづくよ》の夢

と、返《かへ》し聞こえさせたり。

現代語訳

「本当になるほど、たいそう趣深くいらっしゃって。私からは、取り留めのないつまらない歌でもご返事しましょう」と一人つぶやいて、

❖西の空に有明の月の残る明け方には、別れの涙で袖が濡れると知りながらも、それでも待たなければいけないのでしょうか、また今夜、東の空に月が浮かぶ儚い夢のひとときを。

と、使いの者を遣って、お返事申し上げました。

参考

・通い婚、相手の男性からの贈歌への返歌。本書作者の創作。
・げに～会話での前言や、贈答歌、古歌に深く同意・肯定して、後に続ける副詞。「実に、本当に、誠に…の通りだ」。この場合、相手（親王の宮）からの贈歌（省略）への心の反応。
・いとをかしうおはしまして～宮様は、情趣を解する素晴らしいご様子でいらして。
・ここには～この場合「私からは」で、「ここ」は一人称代名詞「私」。格助詞「に」を伴うことが多い。この場所、こちら、あなた等の意味もある。
・由なきことをも（返《かへ》し聞こえむ）～つまらない返歌でも。取るに足りない、甲斐のない、

ちょっとしたどうとでもない御歌でもお返事申し上げましょう。

・なほ待つべしや~問いかけの終助詞「や」。それでも待たなければいけないのでしょうか。悲しい別れが来ると知りつつ、宮のお越しを待つ身の辛さをそっと打ち明ける気持ち。係助詞を伴う「なほや待つべき（係助詞「や」の係り結びの法則で、連体形の「べき」に変化）」と同じだが、係助詞の方が判断表明の強意になる。本歌の終助詞が控えめで慎ましい事に配慮した。

❖朝月夜、夕月夜~夕月夜は、宮のお越しになる夕方以降、東に出を待つ下弦の月。一夜が過ぎ、朝月夜の有明の月の入りを西に見て、後朝《きぬぎぬ》の別れとなる。平安時代の通い婚の一夜の様々な場面が、月と関係づけて和歌に多く詠み込まれた。

特に、有明の月（陰暦十六日以降の明け方の西空に残ったままの月）は、前夜の様々な情景の余韻を残すようすがとして、平安時代には尊ばれた。十六夜《いさよひ》の月や立待月、等。

❖返し聞こえさせたり~返しは、名詞「返し」=返歌とも、動詞「返《かへ》す（お返事する）」の連用形とも取れる。これに合わせると、「聞こえさせ」は謙譲の本動詞「聞こえさす（お返事や手紙を差し上げる）」の連用形、または、謙譲の補助動詞「聞こえさす（お…申し上げる）」の連用形となる。

⑧A

さらになほ、いとをかしうもおはしけるかな。只今、消《け》ぬべき露の我《あ》が身にいとわびしきあるやうなれど、人は草葉の露なれば吾《あれ》もさならばやとて、御返《おんかへ》り、

❖呉竹の　憂き節《よ》の増さる　夕月夜《ゆふづくよ》　露けきをりに　心やは行く

とぞ聞こえたる。

かく言ひ交はすほどに、霜月になりぬ。その三日ほどにおはしましたり。

現代語訳

何といっても更に、大変に趣深くもいらっしゃったのね。たったこの今、もう消えてしまう朝露のような自分のこの身がやり切れないのですが、「あなたは袖の涙に置き換わると古歌に言う草葉の露なので、この私もそうなれば良いのに」と願い、お返事したのは、

❖この近くにある呉竹の節《よ》のように、私達の仲らいの辛さは、竹の節《よ》が憂き世となって増える、

湿りがちなこの月の夕方のひとときのようです。でも、いくら涙勝ちと言えど、私達二人の心までもが涙で流れてしまうのでしょうか、いいえ、決してそんな事はありません（それに、二人とも袖の雫となると古歌に言う草葉の露なのですし）

と、申し上げました。

こんな風にお互いやりとりするうちに、霜月になりました。その三日目くらいに親王様はお越しになりました。

参考

・『和泉式部日記』を鑑賞しての本書作者の創作。師走の章、③は改作。

・消《け》ぬべき〜消えぬべき、と同じ。「消ぬ」は、「消《き》ゆ」の連用形「消《き》え」の変形「消《け》」＋完了の助動詞「ぬ」終止形。

・わびしき〜「わびし」は、困ってやり切れない、切ない、心細く頼りない。

・あるやうなれど〜今の身に対して、やり切れなく切ない気持ちなのですが。断定の助動詞「なり」の已然形「なれ」＋逆接の確定条件、接続助詞「ど」。「…ではあるけれど」の意味。「あるやう」は「ありさま」で、境遇や状況の事。

・人は草葉の露なれば〜『拾遺和歌集』恋二・詠み人知らず「わが思ふ人は草葉の露なれやかく

れば袖のまづしをるらん」から引用。「私の大切なあの人は、思いを懸けると直ぐに涙で袖が濡れるので、きっと目の前の草葉の露なのでしょうね」。これを踏まえて、「私も消ぬべき露よりも、袖の涙に置き換わるという、あの人と同じ草葉の露に諸共になりたい」として、本歌が続く。

・さならばやとて、～未然形接続の願望の終助詞「ばや」。「さなり＝そのようである」の未然形接続で、「さならばや」。

❖「呉竹の」～「世」「節（よ、ふし）」「夜」に掛かる枕詞。

❖「憂き節（よ＝世）」～「竹の節《ふし》」の枕詞のつながりの意味と「片敷きの憂き世（世の中＝男女の仲らい）」、更には、「節《よ》＝二人の事情や事柄」を掛ける。

❖露けき↓露けし～「露がちで湿っぽい」の意味から、転じて「泣くことが多い、涙勝ちな」の意味になる。

❖心やは行く～それでも、涙露と共に流れてなくなるように、私達の心は去り行くのでしょうか？　いいえ、そんな事はありません。「やは」は反語の係助詞。

・かく……おはしましたり～今回の一連の（略されている）贈答歌のやりとりの一区切り、終わりを示す。

⑨B

うつつにやあると見て、打ち驚きたれば、

❖思ふ君　寝覚めの袖の　氷さへ　疾《と》く融《と》かしつる　涙の枕

現代語訳

これは現実であるのでしょうか？　と思い、眠りから覚めると、

❖あなたを思うあまりの袖の涙が、寒さで凍ってしまいました。でもあなたの夢を見た後に寝覚めると、また溢れ出た熱い涙のついた枕が、袖氷までもあっという間に融かしてしまったのです。

参考

・平安時代のような、思い思われる間柄があったとしたら……として創作。

・うつつにやある～断定の助動詞「なり」の連用形「に」＋疑問の係助詞「や」等の助詞＋補助動詞「あり（はべり、おはす）」。断定の助動詞「なり」の疑問や強意の特別用法で、「…であ

る、ございます、いらっしゃる」の意味。

・打ち驚く～四段動詞「驚く」は、古今異義語の一つ。この詞書きのように「目が覚める、眠りから起きる」が第一義。第二義以降で「ハッと気が付く、びっくりする」となる。「打ち」は、文体の音調を整えたり、意味を強めたりする接頭語。

❖本歌の「袖の氷」が融ける、融けないというのは、寒いときの涙が袖に凍るとして「袖の氷」と用い、涙を言う場合が平安時代の和歌にある。『後撰和歌集』冬・詠み人知らず「思ひつつ寝なくに明くる冬の夜の袖の氷は融けずもあるかな」等。卯月の章、⑦を参照。

師走

十二月

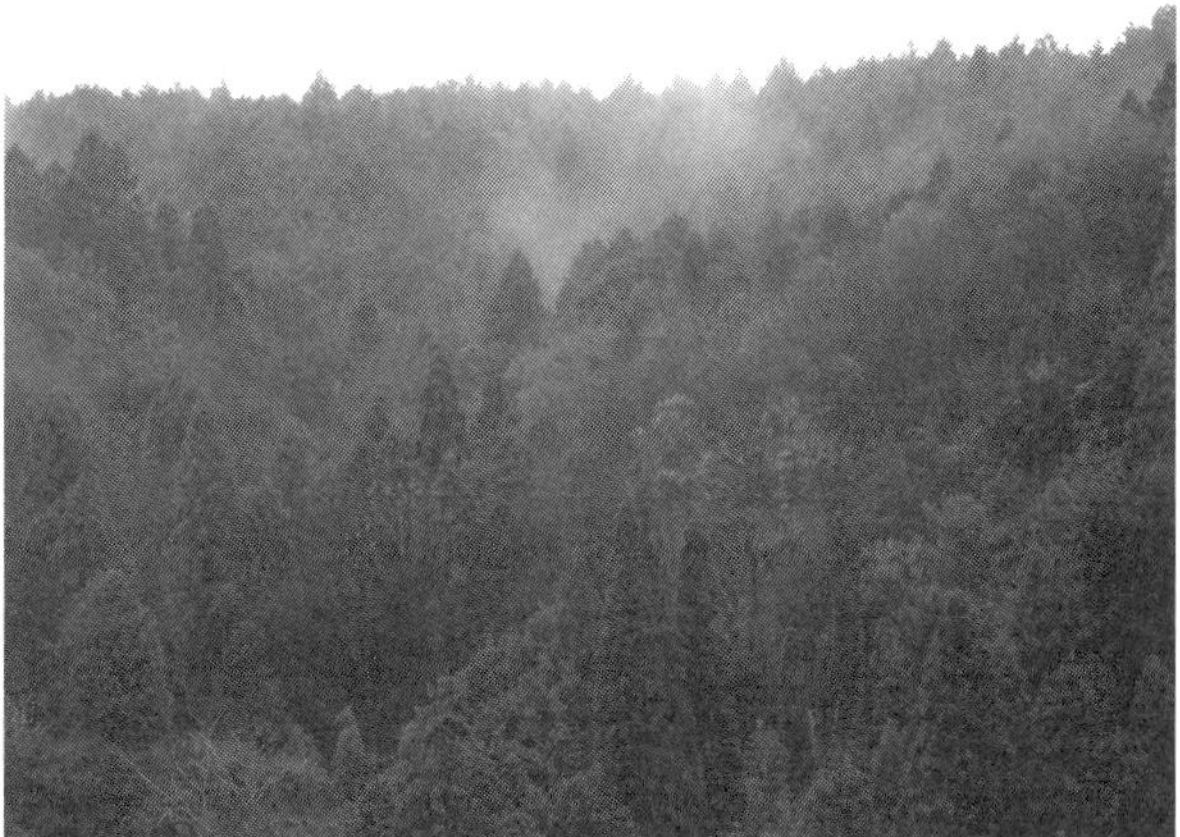

①B

時経て、懐《ふところ》に漬《ひ》ちし艶めく髪、吾戯《あれたはぶ》れてけり。返《かへ》し、

❖ほど経《ふ》れど　なほ温《あたた》けし　艶髪な　君の名残に　戯るるをり

現代語訳

あなたとのお別れの後暫くして、着物の胸内で涙に浸って艶々と光る髪で、私は遊び興じたことですねぇ。そのあなたへのお返事としては、

❖暫く時が経ったというのに、それでもまだあなたの温もりを感じるこの艶やかな髪だこと。共に過ごした後の面影や余韻を相手に、髪と遊び興じる今のこの時なのです。

参考

・弥生の章、③の春の続編として、本書作者が創作。

・懐に漬ちし艶めく髪〜懐とは、着物の胸辺りの内側の事。ここに入り込んだ黒髪が涙のために

濡れている。後朝《きぬぎぬ》の別れの折、暮れる涙で濡れてしまった事を思い出している。「に」は場所を示す格助詞。「漬ち」は、四段または上二段の自動詞「漬つ」で、濡れる、涙でぐっしょりする、の意味。霜月の章、①参照。「し」は過去の助動詞「き」の連体形で、直後の「髪」につながる。

・戯れてけり～ここは、自分の艶めく髪を指先で遊び興ずる所作。「て」は完了の助動詞「つ」の連用形。「けり」は詠嘆の助動詞「けり」の終止形で、この場合、過去の自分の動作に改めて気が付き「遊び興じたことだわねぇ」と感じ入る自身の様子を表す。

・返し～返り事、返事。朝の別れの後、相手の男性の御随身《みずいじん》や従者等、使いの者から贈答歌（略されている）が贈られたので、それに対し、やはり使者をして返歌した事。

❖ほど経れど～「ど」は逆接の確定条件を示し、「暫くの時間が経ったのに、経ったけれども」の意味。

❖なほ～副詞で、依然として、それでもやはり。現今でも、待てど暮らせど、されど、等と使う。

❖艶髪な～「な」は詠嘆の終助詞。艶髪だわねぇ、艶髪だこと。

❖君～代名詞で「あなた」。相手を親しんで言う、吾《あ》が君と同じ。

❖名残に～「に」は、手段や原因の格助詞。あなたの名残で戯れる。

❖戯るるをり～後朝《きぬぎぬ》の別れの後、そのまま伏している寝覚めの床の温もりを感じながら、あの人が触れて温かみの残る艶めく黒髪と遊び興じる折。

②B

題詠「下がり端《ば》」

師走、中つ方の月いと明《あ》かきに、内《うち》におはしますなる天照御神《あまてるおほんかみ》に、たひらかにあひ見せたまへ、と念じ申《まう》して詠みし、

❖玉釧《たまくしろ》　手に巻き持てば　思ひ出《い》づ　掻《か》きし下がり端　平《たひ》らかなれと

現代語訳

師走中頃の月がたいそう明るい時、宮中にいらっしゃるという天照御神様に「どうかご無事にあの人とお会わせ下さいませ」とお祈りお願い申し上げて詠んだ事は、

❖あなたが下さったこの玉釧を手に巻いて持てば、いつも自ずと思い出します。私の髪を掻き遣り、無事でいてくれよと玉釧を手に巻いて下さったあの時の事を。

参考

・宮中の女官の物語として、本書作者の創作。

・有明の月〜陰暦十六日以降の明け方の西空に残ったままの月。前夜の様々な場面の余韻を残すよすがとして、平安時代には尊ばれた。十六夜《いさよひ》や立待の月、等。霜月の章、⑦参照。

・明かきに〜形容詞「明かし（明るい）」の連体形で、赤きではない。明かき（時）に、で明け方の月が明るい時分に、の意味。

・内におはしますなる〜宮中にお出であそばすと聞いている。「おはします」は神に対する尊敬で、尊敬の本動詞「おはします」の終止形。「なる」は伝聞推定の助動詞「なり」の連体形で、「…と聞いている、聞けば…らしい」。

・天照大神〜平安時代以前から、自然界の動きの背後に感じ取られる超越的な人格存在を天、地、水、嵐などの神といった形で神格化した自然神らしい。七世紀末に皇室祖神（氏神）として伊勢神宮に祀られた天照大御神《あまてらすおおみかみ》とは一応区別した方が良いとの一説がある。

・平らかに〜形容動詞「平らかなり」の連用形。無事平穏に。

・あひ見せたまへ〜下二段他動詞「相見《あひ》す」は、人に会わせる、対面させるの意味。「あの人にお会わせください」と天照大神に祈る言葉。「たまへ」は尊敬の補助動詞「たまふ」の命令形。神に対する尊敬の念を示す。「あひ見す」や「見す＝見るようにさせる」は、本動詞単独で使役の意味を持つ。

・念じ申す～神様にご祈願申し上げる。縮めて、念じます、とも。
・念じ申して詠みし～詠みしの「し」は過去の助動詞「き」の連体形、つまり、詠みし（歌）。お祈りして詠んだ御歌は次の通りです、の意味。

❖玉釧～玉飾りの腕輪。更にこの場合、手に取ったり腕に巻いたりする事から「手に取り持つ」「まく」に係る枕詞。あなたから頂いた玉釧を手に巻き持ち、またお互い元気で会えるように神様にお祈り、お願い申し上げた、とのいきさつ。

❖巻き持てば～已然形＋ば、で順接の恒常条件。「…と、いつでも」

❖下がり端～女性の額髪の端を肩の辺りで切り下げた様子の事。平安時代、宮中女性の生活価観の一端を表す、今では失われた言葉。平安女流文学では物語と歌双方で多用された。「髪も下がり端清げに…」等と使う。

掻きし、は「掻き遣る」。手で掻き遣る、掻い遣ること。主語は、受領《ずりょう》（諸国長官）として遠い任地に向かった恋人の男性。愛情表現として、相手の男性がこの女官の髪をいたわるように掻き分けて、慈しんだお話。

③A

只今も消《け》ぬべき露の我《あ》が身、つゆ心に適《かな》はぬ有り様なれど、人は草葉の露なれば我《あれ》もさならばやとて、

❖呉竹の　憂き節《よ》の増さる　年頃に　露けきをりに　心や消ゆる

現代語訳

この今にも消えてしまうはずの朝露のような私の身は、少しも思い通りにならない様子ですが、「あなたは袖の涙に置き換わると古歌に言う草葉の露ですので、私もそうなりたい」と願って、

❖「世」「節《よ》（ふし）」「夜」等を思い起こす呉竹のような、「憂き世」や私達の仲らいが幾年も続きましたが、朝露がなくなるように私達の心も消えていくのでしょうか？　いいえ、今はこのように湿りがちで露っぽいので、そんな事はありません（それに、二人とも袖の雫となると古歌に言う草葉の露になるのですから）。

参考

・『和泉式部日記』を鑑賞しての、霜月の章、⑧の改作。
・消ぬべき～消えぬべき、と同じ。「消ぬ」は、「消《き》ゆ」の連用形「消《き》え」の変形「消《け》」＋完了の助動詞「ぬ」終止形で、当然の助動詞「べし」は終止形に付く。
・心に適はぬ～連語「心に適ふ」の否定の連体形。四段活用する。
・有り様なれど～この身は全く思い通りにならない様子ですが。断定の助動詞「なり」の已然形＋逆接の確定条件、接続助詞「ど」の已然形。有り様は、境遇や状況。「あるやう」と同じ。
・「人は草葉の露なれば」～「拾遺集」恋二、詠み人知らず「わが思ふ人は草葉の露なれやかくれば袖のまづしをるらん」の古歌で、「あの人は思いを懸けると直ぐに涙で袖が漬《ひ》つので、きっと目の前の草葉の露なのでしょうね」。これを踏まえて、「袖の涙に置き換わるという、あの人と同じ草葉の露に、私も諸共になりたい」として、本歌が続く。
・さならばやとて、～願望の終助詞「ばや」。「さなり」の未然形接続で、「さならばや」。
❖呉竹の～「世」「節《よ》（ふし）」「夜」に掛かる枕詞。

❖憂き節～「竹の節《ふし》」の枕詞のつながりの意味と「憂き世」、更には「節」＝「仲らい、事柄、事情」を掛ける。

❖年頃～現在に至るまでのおおよその期間で、長年、ここ数年の意味。

❖露けきをりの～ク活用「露けし」は、露がちで湿っぽい様子。

❖心や消ゆる～露がなくなるように、私達の心も消えるのでしょうか？　いいえ、そんなことはありません。「や」は反語の係助詞で、末尾の活用語は連体形で結ぶので「消ゆる」。

④A

思ふどち二人、絶えず言ひ交《か》はし、例の花、紅葉《もみじ》、月、雪を諸共《もろとも》に愛《め》でし人の日向《ひゅうが》に下りて後《のち》に、便り尋ねてこれより、

❖今ぞ訪《と》ふ（飛ぶ）　かた（方＝潟）の千鳥に　しあらねど　君が面影　跡を留《とど》めぬ

現代語訳

気の合う者同士、私達二人が常に幾度も歌や手紙をやりとりし、いつものようにお花や紅葉、月や雪等を一緒に楽しんだあなたが、任地の日向に下って後に幸便を探して、私から、

❖今のこの時に、大空を舞い、空を駆けてあなたを訪う術を持っている千鳥では私はないけれど

も、目の前に浮かぶあなたのお姿は、いつまでも私の心に残っています。

参考

・宮中で仲の良い同僚女性二人の物語。

・『更級日記』、『枕草子』を鑑賞しての本書作者の創作。　・日向～旧国名、今の宮崎県。

❖「訪ふ」と「飛ぶ」は掛詞。「方＝方法、術《すべ》」と「潟＝干潟」も「かた」で掛詞。

❖千鳥～浜千鳥と同じで、冬の事物。和歌では、本歌第五句のように「跡」を導く枕詞とする事が多い。

❖しあらねど～「し」は強意の副助詞。「ねど」は打消の助動詞「ず」の已然形「ね」＋逆接の確定条件の接続助詞「ど」で、「…ではないけれども」の意味。

❖跡を留めぬ～下二段他動詞「留《とど》む＝…を昔の状態で残す」の連用形「留め」＋完了の助動詞「ぬ」の終止形「ぬ」。面影＝跡で、繰り返しによる強調。

⑤A

かひなき涙の恋路川《こひぢがは》とのたまふ、わりなくなむ。涙な添へそ。思ひのほかの闇夜の灯し火も、目の当たりにはべるべし。かつは、恋路川の水増さりて大水の川《かは》なれど、深き心はここにぞ勝される。さは知りたまへりや。

❖玉襷《たまだすき》　掛けてもかひなき　恋《こひ》の舟　川水増されど　吾《われ》ぞ勝れる

と聞こえさせたり。

さらに返《かへ》し聞こゆる、

❖雁《かり》の鳴く　穂田の刈り穂の　つゆの間も　懸けて思はぬ　をりもはべらず

現代語訳

この先、為す術のない涙の恋路川と、あなたが仰いますのは辛うございます。これ以上、私に涙をくださいませんように。帆先に見える闇夜の灯し火＝希望の光と同じく、探している物に思いがけず巡り合うに違いありません。また一方で、恋路川の水かさが増して洪水のように深くなっても、私の心の深さはそれよりも勝っています。その事はご存じでしょうか。

❖玉襷《たまだすき》を掛けても櫂《かい》のない恋路川の小舟のように、思いを掛ける甲斐《かい》のない、私達の舟ですが、たとえ大水で水かさが深く増しても、私の気持ちの方がより深く、更に勝るのです。
と使いの者に申し上げさせた。

重ねて、お返事申し上げたのは、

❖雁が鳴き渡る田んぼの、刈り穂の僅かな隙間に置いた露の間も、あなたを思わない時は決してありません。

参考

・『和泉式部日記』を鑑賞しての本書作者の創作。
・かひなき涙の恋路川〜「かひなき」は、無駄で甲斐がない恋路川の舟旅と、水掻き船具の櫂《かい》がなくて上手く進まない恋路川の舟旅とを掛ける、掛詞。
・わりなくなむ（はべる、覚ゆる）〜辛く、苦しいことでございます。
・涙な添へそ〜「な…そ」で丁寧な禁止、「…してくださいますな」。
・思ひのほかの闇夜の灯し火〜舟が進む先に偶然見つける闇夜の灯し火＝希望の灯ではないが、それと同じく、望外の喜びに巡り合う事。
・かつは〜また一方では。並存の意味の対句を導く。
・恋路川の水……勝される〜水の増した恋路川の深さよりも、私の心の深さの方こそが勝っています、の意味。「ここに」は一人称代名詞の用法。

・さは知りたまへりや〜「さ」は副詞で、大水の恋路川よりも深い気持ちの事。「この私の気持ちは、宮様、ご存じですか」の意味。

❖玉襷　掛けてもかひなき　恋の舟〜襷は掛ける・掛く物なので、玉襷は「掛く」を導く枕詞。次に、「掛けてもかひなき」とは、「掛けても（＝決して）…打消語（なし）」で「決して…ない」の全否定と、「櫂がない」舟との両意を掛ける。つまり、「全く思いを掛ける甲斐のない、無駄な恋」と、「櫂が全然ないために漂うだけの舟」とを掛ける。

❖川水増されど〜「増さる」と「勝る」は掛詞で、「たとえ恋路川の水が増して深くなっても、私の心の思いの方が深く増さり、より勝っています」。この場合の接続助詞「ど」は、逆接の恒常的条件、「たとえ…ても」の意味。

・返し聞こゆる〜「返し聞こゆる（歌は）」の意味で、謙譲の下二段本動詞「聞こゆ＝申し上げる」の連体形。

❖つゆの間も〜「つゆ」は、「僅か、少しの間も、片時も」の意味と、「つゆ（副詞で完全否定）…打消語」で「少しも、全く…ない」の意味とを掛ける。「つゆの間も…はべらず」＝思わない時は、決して僅か少しの間もない。更に、名詞「刈り穂の僅かな隙間に置いた露」の意味も三重に掛けて、背景で響き合っている。

❖掛けて思はぬ　をりもはべらず〜「掛けて…打消語」の形で、「決して、全然…ない（副詞で完全否定)」の意味。「ぬ」は打消の助動詞「ず」の連体形「ぬ」。「掛けて」と前項の「つゆ」とで、「思わない時は決して片時もない」の二重の強調。

❖返歌二首の相互では、「恋」と「思ふ」、そして「川水」と「露」、「つゆ」はそれぞれ意味上で関連し合う。

⑥A

宮の御前《おんまへ》の御《おん》共、とこしなへにとて、

❖たとふべき　方ぞなきやの　尊《たふと》きに　近うさぶらふ　白髪《しろかみ》までも

現代語訳

「この私、清少納言が中宮定子様にお仕え申し上げて、お供をさせて頂く事、それはいつまでも変わらず続きますように」と願って、

❖他のお方になぞらえたり、例えたりする事はできないと思うような、その中宮定子様は気高く、そして立派なばかりでいらっしゃるので、私はお側にお控えさせて頂きます。それは、私の髪が白くなるまで。

参考

・『枕草子』を鑑賞しての本書作者の創作。
・宮の御前～清少納言から中宮定子への尊称で、枕草子で幾度も用いられた表現。御前《おまへ》とも。
・とこしなへに～とこしなへなり、の連用形。とこしへなりと同じ。「とこしなへにさぶらふ、仕《つか》へまつる」等の動詞を補い、考える。清少納言の中宮定子に対する信頼と敬慕の気持ちを表現した。
❖たとふべき、たふときに～類似語句の繰り返しで、余情や余韻を込める。

❖方ぞ無きやの～「方」は方法や手段。「や」は詠嘆や念押しの終助詞で、「…だよ、…だねえ」。「の」は比喩や例示の助詞で、「…のような、…のように」。「ぞ無き」は係助詞「ぞ」の係り結びの法則で、「無し」の連体形。

❖尊きに～「に」は、順接の確定条件の接続助詞。「…なので、…のために」。
・清少納言が宮仕えで出仕したのは、中宮定子十八歳の正暦四年（西暦九九五年）頃で、定子が二十四歳頃にお隠れになるまで、六年ほどの主従のつながりだった。

・実際には、この本歌の願いのようにはならなかった。しかし、伝わるところでは、彼女の中宮定子に対する気持ちは終生変わる事はなかったという。その意味では、本歌の通りになったとも言える。今はお二人共、再び師弟の愛と主従の絆とで結ばれ、「諸共に咲きにほひて」いると思われる。

結び

振り返りますと、高校時代の教科の中で、国語の古典学習、漢文と古文はとても難しいものでした。漢文は読み下しの手順がよく分からず、また古文は文法が複雑で身に付かず、最後はただ暗記するという感じでした。

時は過ぎ、今から七年ほど前の事、日本文学の名文名歌に突然触れたくなり、古典から現代までの作品（抜粋）を集めた本を開く機会がありました。平仮名ばかりの作品が目に留まると、それが菅原孝標女《すがわらのたかすえのむすめ》の手になる更級日記の序文でした。
「あづまぢの道のはてよりも、なほ奥つかたに生ひいでたる人、いかばかりかはあやしかりけむを、いかに思ひはじめけることにか、……」

高校で学んだけれど、今は何か心惹かれる感じがする、と物語の舞台となった平安当時の事が沸々と目の前に広がる不思議な感覚に見舞われました。

早速、手元に未だあった高校時代の参考書を紐解くと、更級日記の数々の場面が出てきました。

読み進めると、これでもう古典文学のスイッチが入っていました。まずは、古語辞典とネットで文法を一から学び直しつつ、更級日記の全文を自分なりに現代語訳に直す作業に毎日、没頭しました。一年ほど掛けてそれが終わると、他の古典、枕草子、和泉式部日記、伊勢物語、紫式部日記、等の気に入った場面を夢中で読み進めました。

平安時代の作品の一文一文を丁寧に読み解くと、当時の貴族生活のありさまや宮中での慣習等がよく分かります。また、菅原孝標女や和泉式部を初めとした作者の心情に深く心打たれ、自分こそがその場所にいて、自分が経験したかのように平安当時を懐かしく、恋しく慕う気持ちが日々沸き起こり、そして高まっていきました。

特に、更級日記では著しく、菅原孝標女の魂が私にそっと寄り添ってきたような不思議な感覚に始終包まれました。平安時代のその当時、自分が直接体験した出来事を思い出し、懐かしむかのような錯覚に陥る体験が毎日のように続いたのです。この強い印象が本書のタイトルに結びつきました。

さて、こうした作品には付き物の和歌ですが、そのうちに和歌を自分でも詠みたいと強く願うようになりました。今の生活の作歌は勿論、何より菅原孝標女や清少納言、和泉式部の作品の中にこの私がいたとしたら、また、私が彼女達に成り代わったとしたら、おそらくこんな風に和歌を詠んだだろう、との立場で、創作和歌による追体験に熱中するようになりました。

この頃には、なぜだか分かりませんが、平安時代の言葉の使い方に関する基本的な事柄は、すらすらと頭に入り、どんどん身に付くのが自分でも分かりました。それはまるで、菅原孝標女の魂がいろいろと助けてくれた、いいえ、菅原孝標女のような自分の前世だった女流文学者が、背中を押してくれたような感覚です。

ですから、古語辞典を頼りに少し考えれば、稚拙ながらの詠歌が古語で何とか出来るようになりました。古典文法や読解がまるでままならなかった高校時代の姿からは到底考えられない事です。日々歌詠みをする営みが重なると同時に、「詞書き」にも注力する事になり、気が付くと、かなりの分量になりました。それで、分かりやすくまとめたいと考えました。

更に、平安時代の女流文学・かな文学こそは、日本人の同一性をありのままに表わす心の財産の一つです。つまり、この雅《みやび》の大和心こそが、私達が固有に持つ、優しく和らいだ心情や精神であり、日本人全てに宿る魂の一つなのです。

今一度、私達はこの事を心に思い出し、そして、日本人の誇りとして、次世代にこの財産を受け継いで行きたいとの願いが、今回の上梓に対する私の深い思いです。

本書が、皆様を平安時代の和歌や物語への更なる楽しみへとお誘いする、新たな手がかりや機会となれば、私の願う望み以上の幸いと喜びです。

結びに当たりまして、この書には、あるお二人のお友達とのお付き合いを元にした作品がございます。そのお一方は、ある鉄道の運転士さんのAさん、もうお一方は、横浜在住のお友達、まきぐちかなさんです。

今のJRがまだ国鉄だった頃。ある駅のプラットフォームで、小学生の私と一緒にボール遊びをして下さった機関士さんがいました。そのお方は、お別れ際に、「そうだ、お礼に機関車の中を見せて上げよう」と、運転室に私をお招き下さいました。そして、これは何々、あれは何々と機器の名前を一つ一つ丁寧に教えて下さったのです。そのひとときもあっという間に終わり、汽笛が鳴り渡りました。発車です。降り立った私は、いつまでも手を振り続け、貨物列車を見送っていました。

そのお方とはそれっきり、二度と会う事も無く、大人の私も思い出す機会は全く無いまま、時

中央アルプスをバックに駆け抜ける石油タンク列車。著者撮影

思い出のプラットフォームで小休止する石油タンク列車。著者撮影

は過ぎました。そうした今から数年前のこと、どうしてなのか、沿線の貨物列車がにわかにそわそわと気になり始めました。時間を見つけては遠くに走る列車を眺め、ビデオや写真に撮ったのです。それでも、何か気持ちが落ち着かないまま、貨物列車の停まっているプラットフォームに来ました。

眼に入ったのは、反対側に停まる機関車の運転士さんとプラットフォーム上で楽しそうに歓談する、赤ちゃんを抱いて幼い男の子を連れた、若いお母さんのお姿でした。

その時です、あのお方との思い出があっという間に、私の心に蘇ったのです。これで漸く、貨物列車が気になっていた理由が分かりました。

あぁ、本当に心から懐かしい。私もあのお母さんのようにしていた。そして、また同じようにしてみたいと心に強く願いました。次の日から、幾人かの運転士さんに「写真を撮らせてもらってもよろしいでしょうか」と、ご挨拶を申し上げてお話しさせて頂く機会が度重なっていきました。

その中で、特に親しく、そして優しく親切に話しかけて下さるAさんがいらっしゃいます。A

さんは、あのお方と私の思い出話に、特に熱心にお耳を傾けても下さいました。そして、私の切ない涙の思いをそのままにお受け止めになり、共に感じ入って下さったのです。

そんなある日、「もしも良かったら、その時の機関士さん、今ではもう退職しているけれど、どなたかなのか、尋ね探し当てる事ができるかもしれないけれど、どうだろう」とAさんは親身におっしゃって下さいました。私はもちろん、この上も無く有り難く、そして嬉しくも思い、厚くお礼を申し上げました。けれど、Aさんにご面倒を掛けてはいけないとまずは感じましたし、あのお方は、あの出来事を今はもう覚えていらっしゃらないのでは？とも案じて、お言葉だけを頂く事にしたのです。

Aさんとの楽しい語らいのひとときは、ご退職なさるまでの間、枚挙に暇がないほど、毎月のように続きました。その思い出などを元に作品にしたのが、弥生・三月の章の⑥－C、葉月・八月の章の⑥－C、神無月・十月の章の④－Cと⑧－C、そして、霜月・十一月の章の⑤－Cの作品です。

また、横浜在住のお友達、まきぐちかなさんは、写真を撮らせたらプロフェッショナル以上のお腕前をお持ちのアマチュア写真家でいらっしゃいます。関東一円の観光名所や名刹に古刹、貨物列車などの首都圏の鉄道を被写体とした数々の妙品を数え切れないほどお撮りなさっています。
また、撮影技術も日々ご研鑽なさり、個展もお開きになる程のご活躍振りでいらっしゃいます。

そんな彼女とは、お互いの地元を交互に行き来するなどして、観光散策と写真撮影を楽しむ間柄です。彼女との思い出を形にしたのが、卯月・四月の章の①‐C、神無月・十月の章の⑦‐C、そして、霜月・十一月の章の④‐Cです。

これらC分類の作品は、お二人との信頼関係があってこそ、実のある充実した内容とすることができました。お二人には、この場をお借りしまして、心より感謝とお礼の気持ちを申し上げます。

また、編集をご担当下さいました鈴木瑞季様は、いつも親身にご相談に乗って下さり、微に入り細に入り、専門的なご指導とご教示を私に的確にお与え下さいました。
また、折に触れまして、私が思いも寄らない素敵な編集のご提案をお示しとお導きを下さいまして、本書をより一層輝ける形にお整え下さいました。
鈴木瑞季様には、ここに深い感謝と厚いお礼の気持ちを心より申し上げまして、本書の結びとさせて頂きます。

まきぐちかなさんの後ろ姿。ここぞとばかりに響くシャッター音。著者撮影

霜月の章、④の明月院の竹筒。まきぐちかなさん撮影

参考文献

ベネッセ全訳古語辞典　改訂版／中村幸弘氏編／ベネッセコーポレーション／二〇〇九年
高校ベストコース　古文　一年、二年／市古貞次氏著／学研／一九七五年
更級日記／佐伯梅友氏監修／三省堂編修所編／一九七五年
新・要説　伊勢物語・更級日記／日栄社編集所著／日栄社／二〇一五年
更級日記全訳注／関根恵子氏著／講談社学術文庫／二〇一五年
更級日記／秋山虔氏校注／新潮社／二〇一七年
更級日記　和泉式部日記　紫式部日記／桑原博史氏監修／三省堂／二〇一〇年
要説　更級日記／日栄社編集所著／日栄社／二〇〇八年
学習受験　枕草子　文法詳説／淺尾芳之助氏、野村嗣男氏共著／日栄社／一九七六年
枕草子／桑原博史氏監修／三省堂／二〇一六年
要説　枕草子／日栄社編集所著／日栄社／二〇〇八年
『みづからくゆる』物語考／樋口芳麻呂氏著／愛知教育大学国語国文学報／一九七九年
「校注『慈鎮和尚自歌合』稿（Ⅰ）」／石川一氏著／県立広島大学人間文化学部紀要Ⅲ／二〇〇八年
「建久六年民部卿経房家歌合の詠歌表現について」安井重雄氏著／國文學論叢／龍谷大學國文學會／二〇一七年
『俊成歌論における「幽玄」と「艶」の結合について』／武田元治氏著／大妻国文第一〇号／大妻女子大学／一九七九年

【著者プロフィール】

かとう なお

岐阜県出身　南山大学外国語学部英米科卒業　公立小中学校の教職を途中で辞して現在に至る。小さく可愛いものに常に心惹かれ、季節の寄せ植えやバラの鉢植えなどで花々を育て、優雅な楽しみとする。夜は、ヨーロッパ中世ルネサンス音楽とバロック音楽のCDに心を浸し、ゆっくり時を過ごす。天気の良い日は、自転車を走らせ、四季折々の自然と風の中に身を置くのが好き。各章の扉写真は、花育てと自転車乗りをして著者が撮影。

四季《しき》の華《はな》

～和歌《わか》が織《お》りなす平安時代《へいあんじだい》、雅《みやび》の世界《せかい》～

2023年９月29日　第１刷発行
2023年10月25日　第２刷発行

著　者　　かとうなお
発行人　　久保田貴幸

発行元　　株式会社 幻冬舎メディアコンサルティング
〒151-0051　東京都渋谷区千駄ヶ谷4-9-7
電話　03-5411-6440（編集）

発売元　　株式会社 幻冬舎
〒151-0051　東京都渋谷区千駄ヶ谷4-9-7
電話　03-5411-6222（営業）

印刷・製本　中央精版印刷株式会社
装　丁　　弓田和則

検印廃止
©NAO KATO, GENTOSHA MEDIA CONSULTING 2023
Printed in Japan
ISBN 978-4-344-94625-5 C0092
幻冬舎メディアコンサルティングＨＰ
https://www.gentosha-mc.com/

※落丁本、乱丁本は購入書店を明記のうえ、小社宛にお送りください。
送料小社負担にてお取替えいたします。
※本書の一部あるいは全部を、著作者の承諾を得ずに無断で複写・複製することは禁じられています。
定価はカバーに表示してあります。